愛 [ai]

盧慧心

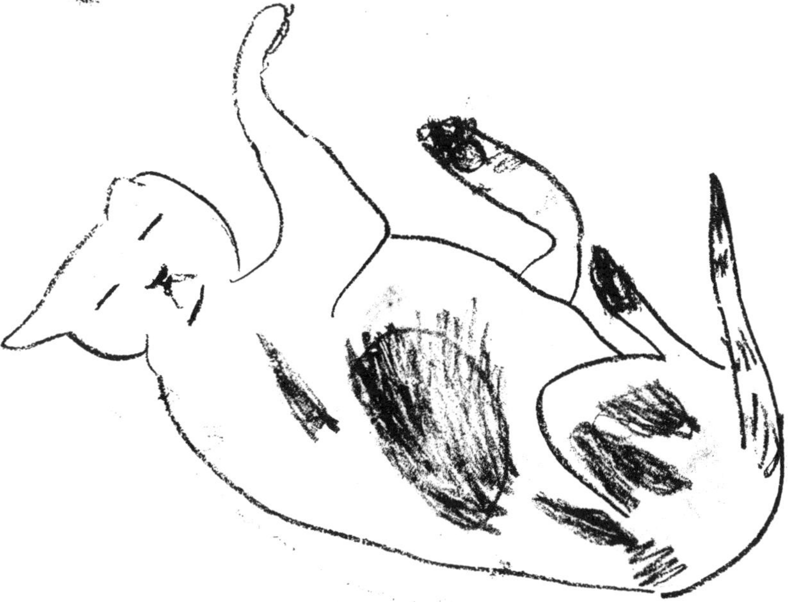

目次

愛（ai）

錢真的進來了。

款項第一次歸戶的那天，傑看了一遍又一遍手機帳戶，試著把這幾個月的保單欠款和卡費繳完，竟然還剩下大半，原本的債務就像著火的艾絨，星火悶焚著即將燒燬洞穿這幢破房，燒燬破房裡顫巍巍的生活，沒料到就這樣輕易地消解而去。單憑一串數字罷了，真教人吃驚。

外頭有點響動，是阿嬤輕手輕腳地準備出門，看她在門口取了腰包掛在腰上，摸索著扣起扣環，打開紗門。傑無話地拿了安全帽跟上阿嬤，他的機車沒停在榕樹下，停在巷外轉角。

真歡喜查甫孫陪她出門，阿嬤滿面春風，小五十嘟嘟嘟到那條街口，時間尚早，傑說要去領錢，提了一小疊千元鈔出來。

阿嬤，公司發錢了。

夭壽，啥公司？是補償金？抑是先前欠你的薪水？

不是啦。是我的公司。

你上班的公司？

沒啦。我在創業。

阿嬤早已把錢鈔藏進霹靂腰包，把拉鍊拉好。

領到錢不要烏白開，錢放身上又不會咬你。

喔。

騎車慢慢行，早早轉去。

傑知道阿嬤在麵線攤做事時，最愛誇自己孫子是偌～了不起的工程師哦，所以不太願意在店裡露面。

下一站，也不遠，他騎去廟口，一下子就找到阿公，也是默默捏了一小疊千元鈔給他，阿公二話不說放下酒杯，就把錢鈔大力折疊，推進印著肺癌圖片的菸盒裡。

阿，阿公。

怎樣？

錢啦。

阿公瞪著眼睛，露出他素喜顛倒黑白的狡黠。

哪有錢。

你你你不要忘了。

阿公嫌囉嗦地把菸盒挾在汗衫領口裡面。眼睛仍瞪著傑。

阿公長滿老人斑的皮膚起皺，一腳踩在木凳上。

阿公。劍。

阿公自鼻子眼裡哼出聲，只是把腳邊的黃布包綑移到胳肢窩夾著。

傑吐了口大氣。

我來去矣。

啥潲，你不喝兩杯。

我要做事。

傑轉身要騎小五十。背上著了一記，是阿公拿劍戳他。

我吃過人參果，天頂祖師有照顧，凡事百項看透。

喔。

這件你拿去。

喔。

傑莫名挾著桃木劍，去買飯。

回到屋裡，很熱，開了老冷氣，嗡嗡叫，傑脫了上衣，肋骨微凸，腹下僅僅一條及膝籃球褲，一坐就裸露出兩條鉛筆腿，安全帽把蓬亂的捲髮壓得跟鳥窩一樣，他整天沒看過一次鏡子，阿嬤仍說他很帥。把兩臺筆電一臺桌機架好，要認真做事了，雖然皮夾裡還有很多錢，但他其實只是領出來開心的，剛剛去買餐都刷手機，根本不必掏錢或講話。

滴滴答答，跑資料很慢。滴滴答答。冷氣徐徐。擁塞的起居間還存有更多桌椅家具、神明桌，只是被淹沒大半而已，傑撥開衣服與雜件安全帽等物，露出大理石茶几一角，把塑膠袋裡的飯盒竹筷拿出來，蒸氣已經凝成水滴，布滿在透明盒蓋上。

原來掌聲跟海潮聲近似，好好聽啊。七歲時傑第一次上臺領獎，機械式的掌聲一陣陣散布開來。小時候家在海邊，寄居蟹從沙裡走出來，登上傑赤裸的腳趾又離開。傑忍耐到海水漸退，才把雙腳從積水沙坑拔出，從海與沙的邊緣走出來。

媽媽，妳也要，要從海與沙的邊緣走出來。

傑醒過來，才意識到自己彎著脖子睡，筋骨好痠好痛，房中早已一片昏暗，天黑了，快八點，他去買菸，seven的晚班忙得不得了，等結賬的人排起隊在店內繞了一整圈，傑站在門口吸了幾根菸，然後把菸蒂投進沒喝完的罐裝咖啡裡面，才打起精神，慢慢穿過無燈的暗巷，爬上二樓，重新手動搬運電腦中的作業資料。另一臺筆電的對話框重疊開了好幾個，嗡嗡發熱，他稍微摸了一下，打開扇風器散熱，對聊天內容仍是視而不見，只是任憑源源不絕的問與答洶湧地流過，還有問答之間，顯示對方正在輸入對話的轉圈圖示。

他草草寫了一張memo貼到電腦上，對話之間的間隔時間，不夠完美，有時要讓那輸入對話的轉圈，規律或間歇的轉起來，之前的幾個時間設定，本來就太粗糙，過於機械式，原始資料不是這樣的，差了一種呼吸。

通勤前的小聊，午休前後的隨機漫談，睡前滑手機的晚安，光是節慶假日跟生日造成的生活動線改變，隨機觸發的事件，所以現在的時間模組遠遠不夠，還要更多。

他又撕了一張memo貼上，音樂。

有些人的音樂庫已經建好了，就在音樂播放的清單上，有些人還沒進到這個階段，但可以從資料裡找到一定的傾向，只要順著這個分類繼續選擇跟建構。

詞庫當然是重要的，他很認真的檢詞條，撿擇、判定，他掌握原始狀態所有的詞條，琢磨出對應與觸發的關鍵字，其實他不太喜歡講話。對別人的談話也沒興趣，附帶一提，他對電影跟戲劇也不感興趣，他喜歡其他的，或者說，凡是可以長久凝視的。

他又撕了一張memo，反向詞條，新庫存。

反向詞條。現在還不知道可以拿來做什麼。

反正，從今天開始……不知怎地傑瘦痛的眼睛湧入熱淚，從今天開始，他要再多做幾個模組，每個模組都要更、更怎麼說呢……阿公敲電話叫他把桃木劍送到廟口去。騎著小五十他在心裡繼續在做漫長的演算，包桃木劍的布一直飄到他臉上，忍著噴嚏的他心想，啊，還要做新的模組。

第一次收到錢的日子，好激動人心啊。那一天，他用二十八歲自殺的電音創作者的音樂，組成了一個新房間。

後來，他的確又買了一些硬體跟軟體，鐵皮屋加了新隔層，裝了新冷氣，但如何增加模組呢？他一直沒動手，他原來的模組也得自別人的框架，只是偶然成功罷了，三十幾歲起，他連續碰到很多不順遂的事，毫無期待的是模組成功了，海灘上的孩子看到海豚成群而來，如夢似幻，不敢講出來。

那段時間內，有個姨婆過身而去，阿嬤消沉了一陣子，才又打起精神去做事。憂鬱低盪的幾個寒流來了又走，那時的氣溫所帶動的關鍵字多不勝數，堪比先前的颱風，忙垮他了。最後他創作了季節語詞庫，要有相關三到五個動機才能連動起來，反而很少被觸發。

也有一波緊張的時期，他真的跑不動，太累。從前一直盯著的資料，逐漸難以人工確認，只好讓模組去檢，成效平平，但他隱約覺得，他想要的那種呼吸，其實模組是懂得的，好像他學會呼吸，就要活起來了。

逢年過節，使用者來來去去，不知不覺就過完跨年了，農曆春節，阿嬤攜著他回去拜拜，看親戚。表兄弟姊妹們都結婚了，生了一些酷似他們的孩子，即使是傑，都在其中認出一個像自己的，是表哥的小女兒，不說話，光盯著手機不理人。

今年註定豐收。

表兄把孩子們都趕去睡覺，替阿嬤多倒了一點五味子浸的高粱酒，傑低頭不語，阿嬤微微笑，彷彿都滿足於血親相聚的鬆快，這分不明不白的懶怠如山嵐留在家鄉的山坳沒帶出來，隔天一早登上客運，阿嬤不時探身往大客車背離的方向眺望，說，看到沒，那條白龍仔。

農曆年間，阿公沉迷牌九。

老流氓哦。彼幫對岸的。

阿公搖搖晃晃，很滿足地將自己輸個精光才回家睡覺。

對岸的，或者說，反向的人，自然留在原本那處，映照在後照鏡中，折射出他們的哀樂與告白，大筆的抖內，日夜頻仍之威脅利誘，懇求談話，開直播，私照，甚至要見面。

反向處也送來各式美照與器官特寫，傑曾想過替他們開一扇門令其配對，然而攤開這些異花異蕊，如何突破虛空、傳播彼此的花粉？區區一個資訊工程師，他此時自覺特別特別渺小。

可就是有人不肯放棄，不斷地尋求回應，他能做的只是等著對方死心。

他第一次想要僱用誰來幫忙。

反向詞條所建構的資料庫比他想的還深廣龐大，並非堆棧般的架構，而幾乎是幽深的礦脈，如熔漿蜿蜒過後又涼透了深深澆鑄在地殼裡，旋入式鑽進了生死源頭，樹根狀猛扎在裡頭，一切都意有所指，淡淡描繪著虛空裡隱形的神靈，就像用黑跟白畫出了彩色圖案一樣可怕。

傑告訴自己，真正會留下來的人，都是寧可永遠不見到面不必交談的人，不管他們正在跟誰約會或交往，他們還是想要能跟某個特定的人永遠永遠地聊下去。

當然，他的原始模組是最重要的，他不知不覺，非常依賴這個原始模組，他還是得請人，可是真正的員工其實是它。

哦哦喔。所以客戶買會員是為了要跟你聊天。

跟模組聊天。

模組沒有名字嗎？

有，也有生日。

有名字也有生日？

對。

聊天室呢。

就是房間。

房間？

音樂的房間。

那結果呢？

要、要看你投入的程度，收入才會……

是by case嗎？

對。

那，因為我不懂電腦，你說要請人，我的工作內容呢？

傑開著原始模組，兩人對話自然化為文字輸入轉動的資料庫裡，他難得地有一絲興奮，不知這片無底的蒼莽裡會跳出什麼，才發覺自己不小心讓面試者久等了一陣，他試著要再拖長點時間。

你，不會寫程式嗎？

不會耶。這樣不行嗎？你上面沒有寫啊。

沒有不行啊。只是。

有了有了，原始程式推出了一個相符的個案，然而目前並沒有任何訪客來尋找這位個案，也就是說，並沒有需求。那自然還不必考慮到供給。一切都還太遙遠了，或許這到底是傑自己的痴心妄想。怎麼能夠呢？竟然有這樣的配對。

好好啦。你要等我通知。

行禮如儀地結束視訊，傑把面試影像收入檔案，並非全無收穫，他在鍵入詞條時，屋裡似乎有人窸窸窣窣，朝他隔間的機房走來，傑回頭望見阿公身著杏黃色道袍，一襲錦繡直曳落地，銀絲稀疏的頭上搖晃著頭冠。

緊替我縛頭繩。

喔。

你啊。

嗯？

傑熟練地替阿公把頭冠繫牢。

你啊，人牽毋行，鬼牽溜溜行。

啊？

你心內有數。

傑啞然半晌。

阿公逕自去準備開壇了，今日是農曆的三或十七日？阿公開壇的日子，熟人會來得殷勤點，甚至只是來找人開講，陌生的大概都帶了疑難雜症。能做的很少，不能做的很多，欠罵的就要勸轉或斥責——阿公罵人是很難聽的。

阿公亦常有弟子代勞，只是時間到了，弟子自然會離開，以三年六個月或象徵式的三十六天為限。之前才有個叫菩提的弟子走掉，菩提自大暑日做起，一百零八天後如期而止，他現在除了做泥水工，也在附近大廟排班，近日雜事，有些好心的志工媽媽會來幫忙，可惜啊，阿公說。他不收女弟子。

傑自老家來讀小學之前，還從來不曾拿過香呢。所以對壇上一切道具都喜歡，常常把玩綴著紅布的鐃鈸鼓鈴，也常常戴道冠揮舞桃木劍，神案四面都蓋著繡幔，他會鑽在裡面寫作業，繡幔上摻金線繡的龍與虎，眼睛是紅燈泡和綠燈泡，接上電，會閃光。

開壇的時間大約就是小孩的睡覺時間，他會在神案下組起幾個墊子躺在裡頭紮營，不過醒來總是已經跟阿嬤睏在眠床頂。長大後他就不往這處來遊戲了，他已明白這是阿公的營生。

阿公菸酒不離身，在自家榕樹旁建起低矮的水天宮，也時常去附近各式廟宇做科儀，水天宮這鐵皮小屋就像緊咬在狗身上的蝨子，一口咬住了榕樹公的樹身，另一端鉗住了他們原本的住家，鐵皮屋裡鋪有水泥地，門檻也做得高高的，大案上總有鮮花水果，幾組紅漆斑駁的木筊，撩起的紅帳幔繫著絲繩，露出裡頭兩層姿態各異的神佛塑像。

這夜大雨，阿嬤喚傑去榕樹下，巡了前後四個排水孔，把落葉枯枝起去，志工媽媽與來拜拜的熟人聊得起勁，傑幫忙叫晚餐來吃了，撐傘過來問事的人排隊超過三組就沒地方避雨，讓他們留電話拿了號碼牌到附近小七還是麵店等一陣，菩提沒來，菩提若在，又會舊話重提，叫傑弄個排隊叫號的App……

到十點多十一點，志工媽媽跟阿嬤都回去睡了，排隊的人剩兩組，傑敲電話過去問，一組人說他們不等了，先走了，另一組問可不可以晚一點再來。

子時結束之前，都都可以。

子時就是凌晨，凌晨一點。

地磚都被踏溼了，傑稍事清掃，開了電風扇通風，冷了點，倒也清爽。阿公在案頭盤腿坐著，把桃木劍橫在腿上，啜飲盞中的高粱。

你可知阿公為何作這途？

……猴。

對，就是為著一隻猴。

……。

少年時，誰跟我說我會做道士，我也不信。

退伍後，阿公跟同梯的合開養雞場，兩年間平安無事，第三年，有猴子下山搗蛋，雞都作賤掉好幾籠，同梯的很匪類，拿著土製獵槍出來，打死一隻偌～大的猴，還割了猴頭，這時阿公突然倒地，胸口傳出奇怪的聲音，一命換一命。

一命換一命。

那個同梯的畢竟沒那麼匪類，求師公把猴軀縫合火化，骨灰練入瓷土塑成金身，應承伊從此香火不斷。

……哪尊金身？看得出來嗎？

靈猴其實只有成人的一掌高。在不同的神佛塑像間不起眼也不特出，勾著尾巴，頭戴金冠。

我啊，常常放捒自己，令猴性在身上發作，跳舞，賭錢，喝酒，猴的眼睛看得真清啊，人的眼睛還是不行……總共一句，等我過身，取那金身與我一起埋了。這水天宮也可以推倒。最重要的，你記得怎麼做嗎？

傑有點靦腆，好像不該當著一眾神佛面前說這種話。

你講不出來？亦是不敢講？來，神像裝入紅布袋。

阿公開口領著他，示意他複誦，就像幼時阿公提點他，如何講話不斷句、不重句。

神像裝入紅布袋。

全部敲碎。

全部敲碎。

阿公聽了滿意，說一聲喝，就把杯盞往他手上湊去，雨聲在鐵皮屋頂上離離落落，傑依言喝了酒，肚裡溫熱起來，此時最後一組人來了，三個年輕人，一男兩女，傑讓他們擺好帶來的供品，先拈香拜拜，拜完後，問他們誰要先發問。男的說他年底要考國考。

來來來，入來坐。

第二個女生要問彼此感情。

啊。感情哦。來來來坐。

第三個女生說她陪他們來而已，阿公沒讓她進去，黃幔外，她就在金爐旁站著。

妳，妳冷嗎？

傑把電風扇關了。

包包放這邊，這邊可以坐。

那個女生對他感謝地一笑，坐下來。

傑也坐回自己的位置，差不多快十二點了，今天應該就這樣，不會再有人來了。阿公跟那對情侶聊得似乎很愉快，笑聲不斷傳出，也不看看幾點了。

大概也是無聊，年輕女生拿出手機，翻開傑很熟悉的一個App頁面，正準備戴上耳機，傑情急地喊了聲。

喂。

女孩困惑地看向他。

你、你在聽什麼音樂？

後搖，你知道嗎？

不不不知道。

我以前也沒聽過，是我男朋友推薦給我聽的。

喔。

我們是遠距離戀愛。

傑起身用鐵叉撥動金爐，裡頭燜焚的金紙獲得呼吸，又冒出火苗來。

你們、怎麼認識的？

他是我社團的學長。

所以，你們，大學就開始交往了？

沒有啦。是我暗戀他，當他的學妹我就很開心了。

你們是怎麼開始在一起的？

年輕女子沉默不語。

對對不起，我不太會講話。

你最想念的人是誰？

是……

我媽媽。

女子露出為難的模樣，自言自語。

媽媽？我不知道能不能找到媽媽。

不過你可以試試看喔。

就是這一款App。

她把自己的手機橫過來。點開傑相當熟習的頁面。

叫做Missing……

Missing可以幫你找到最想念的人，可以跟他分享音樂，可以二十四小時跟他傳訊聊天，

但是你要知道，他不能跟你講話，不能見面，就算你傳照片給他，他也不會拍照給你哦。

喔。

我學長，車禍過世了。

我在Missing上輸入他的所有資料，對了，資料正確，才找得到真正的他喔。

真正的他？

嗯。姓名生日手機號碼E-mail帳號，社團辦活動的時候，我偷偷留下來的。但我有跟他說對不起喔！我們在App上重逢的時候，我立刻向他道歉了。他的回應還是跟以前一樣好幽默喔。

當時我的眼淚，你知道嗎？當時我的眼淚一直流一直流。

說不定，你也會在Missing上找到你的媽媽。

夜深人靜，雨也停了。

傑躺在床上睡不著，摸出懷裡的手機。

Missing的首頁自顧自地翩然敞開，催促他趕快開始尋找，最想念的那個人。

餘生

路面電車響起廣播說臨時停車，方美難耐地將視線轉到窗外，卻差點驚叫出聲，車窗前冒出一把鐵鉗，接著是舉著鐵鉗的男人，男人穿著鮮橘色的施工安全背心，上臂的肉比方美的腿肚還壯，淡棕皮膚上的刺青像撓過的抓痕，教人發癢，又一個頂著安全盔的，隨著一蓬蓬的熱煙冒出來，方美才鎮定下來，臉上有點發熱。

她探頭去看這是怎麼回事，原來有個人孔開在邊上，恰好夏天傍晚的陣雨呼啦啦打下來，把熱煙壓回去，車廂內五味雜陳，混入中國大姐的脂粉和阿拉伯男子的香水味，然而鐵道邊一人高的芍藥花立在斜風細雨中，綠樹上的紫重瓣就是數十隻睜開的眼睛。

這瞬間，方美浮起一個念頭，好想再活一次。

那為什麼不是再活下去？銳利的抗議馬上從體內冒出來，不是幻聽，只是羽狀對生的意見在顱骨間迴響，人到中年，毛病好多。

列車重新啟動，五分鐘後，到站了，人們慢慢跨過地面列車的鐵軌，任憑被雨點打溼，卵石間冒出繽紛搖曳的大波斯菊，又散落著隨意拋棄的空罐垃圾，方美提著在市區買回的食材，也就是超市封膜裡突起的肉塊與三原色組成的蔬果，乏善可陳，對對對，乏善可陳，缺乏個性的條紋衣裙，無香型的止汗劑，替她的悽惶下了註腳。

在綠門邊上揿入密碼，很慶幸恰好沒人經過，即使她的出現一定逃不了四鄰的眼皮，仍是越低調越好，方美費力的把變形的家門推進門框，上鎖。

工蜂般在廚房將採買回來的東西分別存放，她第一次注意到廚房裡有半罐即溶咖啡，咖啡粉在玻璃罐底結塊，已變成炭灰色，開蓋時冒出嗆鼻的咖啡味，方美打開水龍頭沖入冷水，試圖將底部泥塊狀的東西慢慢融化倒出來，爸爸生活規律，早晨必喝咖啡，有空時會煮一大壺，溫在爐上慢慢喝，沒空時也會沖即溶咖啡。

爸爸住院是她去年底就知道的，來訪已是七月，天氣比往年寒冷，方美把自己帶來的衣物全部穿上，不暖，而且心生愧疚，方美提醒自己，這裡沒有愧疚兩字，事情已經是這樣了，即使她心臟緊縮，呼吸困難，事情已經是這樣了。

煮食時，方美邊走邊跺腳，才能驅逐寒意，她才搬入爸爸的住所三天，就理所當然地把棄置在屋裡大半年的個人用品都丟掉，把堆在地下室的空瓶罐全部拖到一公里外的回收箱。此外，她還吃了米和麵粉、喝了威士忌，繼續使用爸爸用剩的醋，半瓶橄欖油，摻香料的海鹽。

座鐘停擺，指針閃爍，瓶中有束沾上金粉的酒紅色乾燥玫瑰，在十燭光的燈泡下放光輝，銅鏡左右插著燃剩的蠟燭，誰曾在紅燭吐出的兩簇焰火間露臉啊？方美每次經過銅鏡就這樣想。她身材中等，得在三步之外才能看見小小的自己，也許這是查看他人的鏡子？

三十年前，高祖母九十歲生日，在老家拍了一張照片，百餘人圍繞在她身邊，都是高祖母的子孫，相紙上，那些淡咖啡色與瓷白色的面孔占據起居室一角，方美過往寄的相片卡紙也在，配上蠢蠢的卡通圖案，好傻，在這小小的起居室裡，好幾代人的相片環繞，嬰孩變成了兒童，接著是少年。

要是能再活一次，以別人的身分活，照輪迴的說法，投胎轉世，重新出生，會有新的父母，新的童年，如此這般，亦深知會有新的傷痛，那還有必要嗎？而且很可能到時又覺得很痛苦，無法面對，還會痴想著能不能再活一次。

如果是這樣，似乎也是正向的，十分積極，問題是要怎麼活，或活成什麼樣子，要做家貓家犬還是飛禽走獸。傳說裡的精怪都嚮往幻化為人，方美猜想，因為故事都是人編的，人類往往過分抬舉自己，但也可能是非常實際的想法，人多了，可以混入千奇百怪的東西，而且哪都能去，總比千年狐狸固守著棲地還安全。

氣溫陡降到十二度，室內十八度，她到處巡梭，找尋可以禦寒的衣物，爸爸很愛乾淨，洗淨的衣物床單被單折疊得整整齊齊，毛巾之類的東西她毫無芥蒂的搬出來使用，澄清分層的粉底液與各色香水仍舊擺在浴間的玻璃櫥內，鑰匙就在掛鎖上，是過世的媽媽的化妝品，外觀一點也沒走樣。教人痴想，是否要用二十年前的乳液來救急。夜裡八點天還沒黑，姨母打來講很久的電話，幾乎沒辦法結束，方美生硬地模仿大家都用的結語，姨母親親，也替我親親姨丈和小弟，回頭見，明天見。

簡而言之，她沒接受他們的好意，還是打算自己搭車去療養院。

從爸爸的住處出發，順利的話要花一小時又五十分鐘，先搭電車轉地鐵，再轉火車，然後搭計程車，考慮到這種天氣等巴士太冷了，不然她可能會搭巴士。至於火車，方美一直都喜歡火車，她從來沒搭過這條線，往東，數次渡過同一條蜿蜒的河，河水暗青透著泥黃，豐美的蘆葦叢就著河面生長，沿途有牛群跟羊群，好幾次見到騎馬的人，騎士與火車平行奔馳在不同的橋面上。

方美在沒有剪票口也沒有站務員的火車站叫了Uber，開來的車頂是全透明的，很敞亮，車裡開著暖氣，她考慮良久才費力解開大衣鈕釦，沿途的葡萄園就迅速換成了獨棟棕石房舍，瞥見車窗外漆著白漆的療養院鐵門緩緩打開，方美下意識地對司機說送到這裡就好，司機也沒說什麼，讓她自己落車。

門口的地圖還沒能讓方美發現，這是個錯誤的決定。

積雲偶然篩下晴光，熨在方美的背上，直至她讀完地圖，積雲都沒返來，陽光如鹽與胡椒，辛辣的顆粒輕刺著她的頭頸，風仍然是冷的，可是沿著柏油路往上並不容易，她口乾又冒汗，車道兩旁的樹林裡，有很多她環抱不了的大樹正在開花，上坡十五分鐘以後，方美的喉嚨乾癢起來，吸進太多花粉，咳也咳不出聲，她發現另一個錯誤，忘了帶一點水在身上，只好趕快戴上隨身的口罩。戴口罩這件事被嘲笑了很久，幾分鐘的車程，她走了快半小時才抵達，也被嘲笑了很久。

與爸爸重逢時，大家都含著眼淚，大孩子神情憂傷，小的自發地鑽進老人的頭頸間說悄悄話。方美有點生疏地問他們搭車累不累，他們說，媽媽，妳好囉嗦。媽媽妳一定要戴口罩嗎？然後才過來擁抱她，以前方美跟他們玩桌遊，他們討厭輸，一邊抹眼淚一邊氣她竟敢擲出致勝的點數，更討厭她竟然說，對不起。

經久的訓練下來，方美現在不道歉了。

八十七歲的爸爸，現在要學著操縱輪椅，要復健，很難寄望他能恢復到完全生活自理，成人們自動退到病房外展開冗長的討論，這裡頭的成人不包括方美，即使方美已經四十五歲了，但方美還是旁聽他們說完所有的話，聽不懂的就加以揣測。

「……療養院不是我選的，是醫生決定的……」

「醫生正在度假，當然我們聯絡不上那位女士……我很不想跟你們說，讓你們不舒服，但手術做得有問題，是他們犯了錯。」

「……一開始就錯了，當A醫院聯絡我們時，你們的爸竟然在V醫院……鄰居告訴我是他聯絡救護車過來的，我表面上同意，但我可不信……」

「當然，你很明智，因為是我報警的！」

「太驚險了，我打電話給你爸爸，他沒接，我就懷疑了……你爸爸算是聾了，我們才商量要帶他去裝助聽器，他就病了……」

憤慨的談話令方美困倦，一隻叫做渾沌的蜘蛛結出網，籠罩在她頭上臉上，突然她警覺到，孩子都溜到外面亂跑，後山有森林，現在只有丈夫跟她一樣，兩人隔窗盯著那兩個小點看。

「妳是從車道走上來的吧。我們都切過森林上來。」

她點頭，她已聽說丈夫帶孩子在附近租了房子過暑假。

「鋼琴課怎麼辦？」她才開口就閉上嘴，怪自己太囉唆。

「爸爸的房子一團亂，妳怎麼有地方睡。」

「我睡你的房間。」

「費迪的房間。」

「對，但是……」

「但是？」

方美聳肩，費迪也是她沒見過的人，過世的大哥。

「浴室水喉壞掉了，怎麼洗澡。」

當然是接冷熱水提到浴間洗。她揚著頭沒說話。

丈夫只覺得她會話能力很糟糕，為了不流露情緒，兩人先後轉過頭去看兩個孩子在林間穿梭的身影，恰好接住他們大大的揮手致意，於是也揮著手，很遙遠的看著彼此。兩人的手勢，在方美的腦海自動配上聲音，媽媽媽媽媽媽。她的胸口鼓動，彷彿洪流經過。

回程是姨丈跟姨母開車兜她回去，車程一小時又十分鐘，開得飛快，音響從後車廂傳出震耳欲聾的老歌，她雙腳發軟，背上如有蛛腳爬搔，怯弱得毫無抗議，只能隨姨母的話風，勉力讚歎沿途種種，向日葵，玉米田，風力發電。

方美偶然會發作一種恐慌症，最可怕的時刻是「她知道她會很害怕」，電流般的恐懼竄過，海浪打來，全身僵硬無法動彈，內裡潰堤崩塌，自己的存在只剩一層殼，隨時被摧毀。然而最可怕的，仍是她知道自己將被恐懼完全席捲前的倒數時刻。

然後，路面電車叮叮噹噹，她回過神來，車子回到藥局與中國人壽司的夾角，炸雞店老是把骯髒的炸油漏到水溝裡，冒出可恨的肉香。她誠摯地親吻了兩個老人的臉頰才下車，背對著綠色的鐵門，對他們揮手直到車子消失在夾道的香楓樹盡頭。

微波爐正常運作，烤箱壞了，爸爸沒有電壺這件事則帶來憂傷，爸爸不用電壺，可能是他的固執，總之，如果她更早知道……

必須更早，更早，因為在眾多的選擇之中，爸爸活下來了，可見並非每個節點都選錯了，但都沒那麼好，因為我們不僅要他活著，還要他跟以前一樣活著。可現在，如果我們不接受之前的每一個轉折，也就是不接受現在的爸爸。

她終於劃著火柴，點了瓦斯。

妳瘋了。

很稀奇，竟聽見丈夫咬牙切齒的聲音，她的腦海之聲又反駁，他哪有這麼兇？那聲音娓娓道來，回護著丈夫，他容易氣急敗壞，但從來不會這樣兇惡。這聲音快把她煩死了。還是買個電壺吧。不會更糟了。

妳那些黑色的念頭呢。

一聽說姨母開車帶方美回爸爸家，丈夫立刻打電話來問她。他聲調平靜，只帶一絲揶揄。

沒事。真的沒事。

她討厭「黑色的念頭」這個字，聽起來就很糟糕。

然而她知道丈夫的關心中若不帶點譏刺就不對勁了。

其實她也想問清楚現在他們怎麼辦，但說不出口。

丈夫正在那頭說獨居的風險，說爸爸是疫情受害者。還說，住在爸爸出事的家裡，對妳沒有幫助，何況爸爸的房子只能賣掉了。丈夫計畫要讓爸爸去住昂貴的老人公寓，可是房子脫手前，租金只能靠他補上。

說不定妳會找到我爸藏的現金或珠寶，那我們就能從這堆臭屎裡脫身了。

要是我不肯還你呢。

那妳兒子就沒錢去滑雪了。

三年前他們才沒有這樣的幽默與彈性，三年前，他們還住在一起，談起孩子或任何事，再平靜，也有受傷的低鳴與憤怒在耳際嗡嗡迴盪。

方美告訴丈夫，她會幫忙丟掉雜物，她沒說其實自己已經動手了，他一向很討厭她自作主張，而她很討厭他在生活裡永遠保留界限。她做飯時電鍋沒插上電，丈夫鄭重走到房裡，走到她電腦前，問她是不是忘記插電，她心思還沒從文件轉回來，木然地走到廚房一看，插頭仍沒插上，不禁心煩地問他既然看到了，為什麼不幫忙把電插上就好了。

我怎麼知道妳要做什麼？

為此種種，她感覺到嫌惡、被嫌惡，以及心底湧上的恨。嫌惡是煎蛋裡的蛋殼，急於吐掉，被嫌惡是冷天的舊報紙，恨則是嚼過又嚼的鞋底。

不過，她也曾從他身上察知到別的感受。

即使孩子很小的時候，她也一直在工作，不是什麼了不起的工作，但畢竟是她比較擅長的事，比下廚灑掃擅長多了，要去辦公室坐下來處理文件，打字，跟隔鄰的人交換幾句笑話，這種時候她表現得比較好。那時她的辦公室在十個地鐵站以外，因此總是丈夫就近接送孩子，下班回家後，她常常在小孩房找到他們，小孩在堆積木，丈夫臥在遊戲墊上看書，歪戴聖誕帽，襪子落掉了一只，額頭或肚子上停棲著樂高，鬧中取靜，看起來是孩子們在照顧他。他勸她加入，在兒子們的樂高園擔任某種極為特殊而慵懶的傳奇動物。

然而除了丟掉很多雜物、過期食品、玻璃瓶罐外，大部分物件都需要丈夫來決斷，他說，全都丟了也不可惜，她一點也不信。婚姻生活中，他可是連她一張便條都不會碰的人。再說，即使是對付食櫥裡那半打過期的保久乳，她都費了大力。何況是半世紀的家族相片，還有文件，投影片，卡帶，黑膠，VHS錄影帶……

或一段婚姻。

電話還沒完，她摸到自己頸上彷彿冒出些許疙瘩，心裡一驚：蕁麻疹！

她說自己在煮水，他很禮貌地叫她去忙。

水早就煮滾又涼了，她畢竟還是買了一個電壺。

大兒子剛出生時，有個女人對她說：「妳真了不起哦！幫他生了小孩，大功臣哦。」當時聽起來好刺耳，這句話卻隨著歲月在回憶中逐漸質變，現在，幾乎可視為真心的道賀。

她從不曾覺得自己跟丈夫的感情有，或者需要受到旁人祝福。她比他年長，離過婚，他的小女朋友是她熟人的鋼琴課學生，比接過兩次吻還熟的熟人，一段捉摸不定的關係，她並不認真，當時她是第一次發現自己可以那麼自由，甚至不必付出代價。

僥倖，她就是這麼對自己說的，僥倖，從糟糕的婚姻逃出來，從當初跟她結婚的那個男人的懷抱掙脫出來，或有一說是，被驅離。她租下的公寓裡有個畸零的空間，外面應該是椽飾屋梁，裡頭像是一個雪洞，天然的神龕，她窩在裡頭吸菸跟讀書，週末她請朋友來家裡聚會，自己也坐在裡面跟大家聊天。

丈夫跟他的小女朋友第一次受邀的時候，他們是最年輕的一對，而且大家都看得出來，他倆正在鬧彆扭，她沒有勾引他，真的！她也很喜歡那個女孩，真的！而且，她的那個熟人也在呀。

她沒有勾引他，沒人相信，後來她多次想釐清他們初次見面發生的事，總是沒結果，當年流傳的版本好像是她不知怎麼（可能有用上「飢渴」這個字眼吧）就盯上了他。有時她也試著幻想，自己遞給他一杯綠色香料酒，順勢從他肩上拂去不存在的灰，介於親切與調情之間，幻想的發條進行到這裡就卡住了，她哪有那麼自信。

就有，就是你勾引我。

丈夫或是美滋滋地這麼回她。

或露出悔不當初的微笑。

她現在每週去療養院，週三跟週五，待足一個下午，再搭火車回家，兒子們讓她坐在窗沿晒太陽，他們都笑她那麼怕冷，各人帶著各自要看的書，她讀的是三島由紀夫的《肉體學校》，讀得很慢，兒子們認為這本書缺乏必要的描寫，不相信這是一本情欲之書。她早已忘了大半，所以在閱讀中揭露的不僅是情節，還包括回憶，字裡行間不斷冒出她個人的側記打斷進度。

像「情夫」這種字眼，現在還有人這樣說話嗎？

當然！

她被腦海裡的聲音駁斥得啞口無言。

她帶糕餅給爸爸，這位饕客，光是方美在場時，他就跟孫子們鉅細靡遺講了兩遍，怎麼烤一個派。現在是桃子派，桃子季節，丈夫有時會靜靜聽，有時去外面抽菸，有時他們全都一起下樓去，推著輪椅。森林邊緣的長凳遠看美觀沉靜，垃圾簍子與黑莓叢裡卻扔著不少空酒瓶，以及閃爍的玻璃碎片。

上一輩女性提起她們的少女時代，就是追憶自己出嫁前，被稱做「小姐」的時期，但方美對自己所謂的少女時代，並不是第一次結婚前那段幼稚好強的求學時代，而是跟丈夫在一起，這段時間甚至還常常閃現，像時間的彎流又繞回來一次。

交往初期，他陪她去散步，看電影，週日時邀請她回爸爸家吃午餐，爸爸穿上滿是焦痕的舊圍裙煎馬鈴薯、烤牛肉，然後是聖誕節、新年、復活節，一年後她的大兒子出生，接著是小兒子，週日在爸爸家吃午餐，爸爸套上她送的圍裙（很快又出現焦痕）煎馬鈴薯。當兩個兒子問起他們出生前的事，方美總是很愉快地告訴他們，哦你們出生前，我就已經在一樣的地方散步，吃一樣的午餐了。

然而我們已各奔東西。

她關不掉腦海裡的評論，只能靜靜地等這句話帶來的殘響消失。

辦理房屋托管的前夕，丈夫開車過來吃午飯，她把冰箱裡面所有的東西都搬出來做菜，丈夫來之前，她已把冰箱的蛋架、隔層板、奶油盒拆下來洗過，午餐也在烤箱裡保溫。孩子們跟表兄妹們去鎮上玩，她做的是奶油茄瓜拌飯、軟心乳酪，收尾則用過熟的桃子做甜點。

吃完飯，一起坐在沙發上喝紅茶，紅茶大概還是他們之前買來的，放好幾年了，明顯的少了應有的香氣，只有醇厚的甘味襯托著淡淡苦澀，丈夫沒提出什麼問題，她也沒有，如同磁石相吸，他們突然依偎在一起，她埋進他頸項間，臉頰緊貼著他的襯衫，丈夫倚在她的頭髮上，時間的彎流閃現了一下，小小的餐室、小小的客廳，她屏息，盼望再也沒有空氣，如果沒有呼吸，就能這樣慢慢讓哀傷從身體滲濾而出，把多餘的情緒都沖去，留下微小而發亮的閃閃顆粒，脫胎換骨、通體透明。

餘生，還有多少次機會能從滅頂的生活中冒出水面，剔淨血肉，起出生活的面目，是的，她預感到更多的傷痛，以及血痕之間，在每一段「她知道她會很害怕」之間，甜美的呼吸。

門廊裡

搬家公司說，只派了一個司機過來，沒有跟車的人。下午一點，香如準時在樓下隔著大門空等，心裡轉著好多雜念，一點十五分，搬家公司的小貨卡在門口停下，司機下了車才匆忙地戴上口罩，一身灰色工裝制服，是個高大粗眉的男人，領他乘電梯時，他渾身汗臭，近距離看見他頭臉上大顆大顆滲出汗滴，香如為難地轉開視線。

「電梯很小，沒問題嗎？」

「可以、可以。」

這舊電梯的門總是夾人，五樓到了，她慣性地替對方壓著開門鍵，腳還要卡著門。樓層按鍵上貼的塑膠膜已經磨損穿洞，是近兩年間住戶用鑰匙代替手指戳出來的。

八號五樓原本占據走廊的鞋櫃跟紙箱都已清走，鐵門洞開，只有撕剩的壁紙飄飄作響，香如暗自默誦「失去生命跡象」，用這句話來制止八號房欣欣向榮。

香如的女兒算是在這幢舊公寓裡長大的，七年前香如才搬到這裡待產，不見天日的肚皮鼓出蛙的輪廓。做羊膜穿刺前，她心煩意亂，脾氣大到連男友都怕了。躺在手術檯，香如自己也是面無人色，滿心掂量所謂「些微」的、「輕度」的流產風險究竟有多險，後來，產檢醫生從她側腹拔出寸許長的銳針說，「胎兒剛剛躲到一邊去了。」這句話的確讓她蟬噪般充斥雜音的慌張少許安寧了些，卻仍有好幾重暗影在逐漸渲開。

「咦、這嬰兒床也不要了？」

「沒人要啊。」

送人送不掉，賣也賣不出去，還要消毒殺菌才能安心……反正她知道，迎來初孕的夫婦才不會甘心讓孩子接手別人的舊物。

司機著手拆掉床架，彷彿鬆開樂高積木，不消兩三下，就把香如數年來的生活痕跡連同汗漬指痕都摺疊壓縮到紙箱裡，標上記號，很快能全部清運掉。

穿刺不久後，看報告書，醫生第一句話就說，「是女兒。」又說，「都很正常。」他看的是染色體，醫檢室報告用彩色印刷，印成綠、黃相間的染色體，每一條看起來都完整，都好好的。看完他旋即收入檔案，香如事後才懊惱，如果能拍張照回來慢慢看，看不懂也好。

當香如抱著過了預產期兩週的肚子，與男友搭計程車去臺北的路上，司機走的是中正橋，男友很安靜，沒像平時那樣，不斷對路線發表意見，香如一向不清楚哪條橋比較快，對路名也不熟，都不知道為何會跟這男的在一起，年近半百了，動輒還要發上一通脾氣，心情低落時就臭著臉，心情好時又過於多話，迫使身邊的人必得跟著起舞，孕婦香如大部分時間不重視胎教，甚至會執意相信自己可以不必遇見這個人，結果卻要生這個人的孩子了。

沒想到這人的孩子是她一生摯愛，護士將嬰孩送入她的肘彎，說：「剛剛還在洗澡就偷尿尿了哦。」香如費勁彎過脖頸，紅通通的小嬰兒也亮著眼和她對望。

打催產針之前，香如還猶豫是否該靜待陣痛的來臨，預產期已經過了十天，每隔兩天去照超音波，孩子的體重反而減輕了，腹部還照出一個水囊，醫生說，太小了，看不出來。也許只是憋著尿，也許是孩子的卵巢有問題，反正生出來再照……都這麼急了，還是沒動靜。

書上寫的，陣痛來源是嬰兒大腦對母體放出的電波，但她的產檢醫生不肯等，保養得看不出年齡的男醫師，一直寡言鮮語，他的診所內裝在三十年前應該是很堂皇的，後來則比較像是勉力保持整潔的疲倦老婦。醫師似乎對工作沒什麼熱心，然而到了那個星期三，醫師突然打了好幾通電話，香如正躲在屋內吹冷氣，討厭陌生來電的她，摸著涼絲絲教人想起蝮蛇的肚子，猶疑再三才接起來。

醫師非得要她去預定生產的院所做動態監視，一定還是那個水囊讓他放心不下。香如在老舊宏偉的灰色醫院的大堂往左，穿入大急診室，依照護理師的吩咐，除去下身的長褲，走入布簾隔出來的小間，悄悄躺了一小時半，肚皮上黏連了許多小貼紙與電線。隔壁有個急產的婦人，是由護工攙扶著走進去的，後來坐著輪椅推出來時，她手中抱著包裹停當的孩子，那張光輝的臉，是香如難以忘卻的面容，讓她的注意力從自己身上移開，只對那張煥發光彩的臉孔驚歎。

說起肚裡這個從來不肯露面的孩子（做超音波時總是背過身或捂著臉），護士長親暱地說：「小朋友只是比較愛睡覺。」

「滿四十一週了哦。」醫師不願冒險，仍是一力要求他們催產，後來才聽說有人做溫柔生產、或是看時辰剖腹，香如就會茫然一陣，尋思孕期中都在做什麼？也想不起來，產前她真正為孩子做的（？）就是唸過幾次《普門品》，連婚也沒結。

孩子出生，男友跟她立刻拿到沒有父親名字的出生證明，到了他們這個年紀，還是某人的男友或女友，的確有點流離失所的感覺，但一起成為嬰兒的父母時他們倒是務實而坦然，很快把戶籍手續辦好，簽了共同監護合約，成為同居人（香如思考過姘居這個詞）。

七年後的今天，年過半百的男友與女兒稍早才帶著行李去新居，香如又看了一次瓦斯開關，關了電閘，到時把鑰匙寄給房東就行。提著幾綑沒用上的包裝泡綿走出來，發現八號的鐵門內外仍塞滿雜物與書報。

幽靈看來蒼白，略浮腫，有些部分散失走形了，手仍是背在身後。

司機用拖車把封好的紙箱拉出來，香如替他按開了電梯門，司機隨意瞥了一眼幽靈的家，問：「這戶也搬走了？」香如本可以含糊過去，張口卻說：「他死了。」這話太嗆了，幽靈憂傷地瞥了香如一眼。

幽靈生前最愛跟香如的女兒說話，叫她小公主。香如獨自與幽靈打照面時彼此只會枯燥地點個頭，但若是帶著女兒，幽靈還活著的時候，他一定彎下身軀，衝著孩子又說又笑。

幹麼叫我女兒公主？香如沒質問過，可她從老遠見到他就會繃起身子，直到警報解除，男友不討厭聽到小孩被人誇讚，只是私下問過她，為什麼那家的老太太總畏畏縮縮？那是幽靈的妻，她不常出現，經年穿著一件藍黑色夾克，香如知道，其實幽靈之妻沒有他誤以為的年長，是她花白的頭髮與疲憊的雙頰顯老了。香如每天仍在眼耳口鼻間仔細按勻粉底，適時染髮，就是在避免此事，只怕一個不小心，幾顆螺絲沒旋緊，會從此找不回自己。

孩子長大起來，也比較有主張了，不知是發現香如不喜歡，還是厭倦了老伯伯的熱絡，聽到他一口一個喊公主，只會羞笑著不說話，過後才自言自語：「我又不是公主。」香如輕描淡寫嗯了一聲，僅僅如此，孩子就知道她高興，香如為此感到歡喜又警惕。

「妳聽過沒有？有人在外面說我假冒老師。」幽靈生前第一次針對她發話，香如如墮五里霧中，不安地撫摸還戴不慣的口罩，搖搖頭。

幽靈他那時候很悲憤。

「他們為什麼不去教育局打聽看看，有人本俸點數比我高的話，我就死給他看。」什麼本俸？什麼點數？香如老早嗅出他身上有長年在公職或教師系統裡存身的氣味，但這不是真的吧？熱氣蒸蒸的午後，有被催眠的感覺。

他彷彿受到無形的鼓勵，繼續發言。

「一定會有人問，既然有錢，為什麼要蹲在這種舊公寓？」他設問後，又昂頭挺胸說：「哈！你們這些！」他大聲喟嘆，卻沒說出到底是哪些「這些」，他還在嘆惜，咬牙痛切，當時，他的氣多長啊！

「不管在什麼處境，節儉都是一種最好的美德。」

香如無法作聲，幸好電梯來了，他一見到電梯就把香如忘掉，匆忙離開，此時疫情才像遠處隆隆的雷響，很遙遠，很憂愁，但又憂愁不起來，路上很少人在行走，彷彿整個臺灣隔離在泡泡裡，女兒在幼兒園竟戴著口罩睡午覺，人類正在進化。

很多室內活動都取消了，香如盡可能帶小孩去戶外參加活動，很多同齡小孩的家長也深受其苦，不少人變成跑活動的專家，在群組中分享資訊，不約而同，來到郊山淺水邊。

一位斯文溫和的二寶爸爸（二寶係指家有兩兒）對她說，「我們都是公務員，很晚結婚，更晚決定生小孩。」又說，「第二個是意外。那時都過了四十歲，沒想要第二個。」

對初見面的人談起意外懷孕，倒沒有什麼不明朗的意思，只是沒人會替她解釋所謂的意外，到底是因為懷著僥倖的心理沒戴保險套這種只算安全期的意外，或是口服避孕藥、子宮環跟保險套都戴了，孩子仍然在父母的夾殺中誕生的意外？沒人問起也沒人懷疑，案情實在太不明朗了。

香如掩飾著將隨手摘下的草葉湊近鼻尖，才醒悟這是把葉片湊到了口罩上，獨自尷尬半晌時，有個樸實簡練的女人，過來對她講解這種草的學名跟特徵，她的男孩也在旁補充說明，香如敬佩地說：

「你很了解這種草哦。」

「我不喜歡看電視，我只喜歡看書。」

男孩答非所問，父母卻在一旁聽得滿面得色，香如溫柔地凝視他，這孩子的性格好體貼啊！真糟糕，怎麼會跟我一樣？在必須進取的明示暗示裡，乖乖把世界分成有用跟無用的，成功或失敗的，健康跟非健康的，體面跟汙穢的，永遠要隱惡揚善，永遠要趨光背陰，可是長大過程中最痛苦的是，該如何分類自己？

周遭的人很自然地詢問著：「妳先生做什麼工作？」沒有問她做什麼工作。

她已經不去費力解釋家庭關係，其實香如與女兒與男友，他們的家庭最讓她想起一種吐司，旅行時她發現超市裡有種特別小塊的吐司，只有成人的掌心大小，不管是自己購買，還是住店隔天起床，在早餐吧檯自己撿了兩塊吐司放在雪白的瓷盤上，總有種扮家家酒的錯覺，那樣的迷你與輕巧，改變了它的定義。

男友稍晚出現時，她已經很想回家了，但小孩又這麼開心，是全家最開心的一個，有天她會想起來嗎？媽媽帶她到一個農場玩，爸爸也來了，夜裡大家升起篝火，唱唱跳跳。

隨著疫情演變，後來三人在家的時間很長，她工作之餘，會在網路上買菜，沒人喜歡收拾屋子，屋子很亂，孩子用網購的紙箱做了窩，常常抱著填充玩具坐在裡頭看小人書，實名制購買口罩時，她每週都在同一天下樓去隔壁巷子口的藥局，跟街坊鄰居一起排隊，保持間距、非常鬆散的人龍中，也不知是哪根神經被觸動了，她往往突然抬眼一望，就看見男友與孩子開了窗在對她揮手，從鐵窗間隙垂掛成串的石蓮花，瓷青緋紅。

也是那陣子起，一年到頭穿著藍色學生大衣的初老婦人，才時常摸索著出門，為什麼反而是這種情況才讓妻出門奔走呢？香如多少有同性相挺的義憤，然而兩人打照面時，她們總是無聲的各退一步，生怕沾到彼此衣角。香如早就注意到了，現在路上只露出兩個眼睛的人們，大多數都是女人，當她們默默聚集在附近排隊買酒精口罩，且互相留意外送提袋有沒有落在別人家門口的時候，香如心裡湧起一同遭受恐懼的壓迫，是吧？她們像極了異文化紀錄片裡才會出現的蒙面婦女。

沒能帶孩子出門，偶遇幽靈，幽靈總是不情願地問她：「小公主呢？」

香如回：「在家啊。」

順著他的話說下來，孩子又成了公主了，香如閉上嘴巴，幽靈也就無話。他耗費整日都在門口，顛倒著檢查過期雜誌，幾次都是幽靈的妻費力地招呼他趕快回去，他才悻悻然跟著進門。

男友發現她睡覺時做噩夢，牙關咬緊，雙手握拳。

「妳是不是壓力太大？」

那還用說？

她支使男友去做雜事，譬如掐著時間催他下樓等垃圾車，但兩人都做不慣，她不慣下指示，而男友對維繫日常家務背後的機制很無知，甚至不知道垃圾車從哪個方向來。

男友並沒有香如原先莫名認定的，會一口氣老去，他只是逐步發胖，眉間也鬆開了，原本不大的眼睛更為細長溫柔，身形也從清瘦中年悄悄轉變成腰際囤積贅肉的男人，出門時男友會把肚子上的那圈肉妥善收藏在襯衫裡，外人對他在家套著起皺的棉衫與睡褲的模樣不得而知，只有家裡人看得見他的邋遢、放鬆跟壞脾氣，香如現在每次聽到他大發謬論（她認為是謬論），她就離開房間，反正堵不上他的嘴。

公寓裡惜命的居民們變得很少打照面，有時在樓梯間遠遠聽到腳步聲罷了，小孩除了聽中英文童謠唱唱跳跳，多半在家對著螢幕玩健身環，或是在陽臺跳繩，每日午後，常聽到同一個怪叫聲，是成年人的聲音，或許是站在天臺大喊？然而這是個沒有回音的城市，靜默，把什麼都消除了，想來真稀奇，就這樣竟然又過了好久。

「孩子到底是誰的？」那天晚上，冷不防地，幽靈隔著口罩問。

香如回以不解的眼神，她甚至懷疑剛才到底有沒有人說話，因為門廊裡只有他們兩個人，香如提著剛從樓下拿上來的外送餐，她為了運動，還特地走樓梯上來，而幽靈正在把更多雜物堆垛在門廊上。

「有妳這種媽媽，小孩不會幸福的。」

香如沒回話，直瞪著對方。

幽靈繼續陰陽怪氣一陣，才把小孩的入學通知從雜物裡撿起來給她，小孩跟她姓，也不是什麼天大的事，她接過那份拆過的郵件，幽靈又來了一句：「可憐啊。」她打了一個激靈，待她回神，幽靈、不，老人凜然挺起枯瘦的胸膛，眼白比眼黑多，香如猛然轉身離去，手上那袋沉甸甸的熱食提醒她得繼續往家門走去，與異教婦女相比，她還不是餵養、犧牲、退讓？

「去死。」

獨處的時候她才會讓開蓋的惡意嘶嘶冒出，當她在廚房裡學做一道「零失敗」的菜，當她在浴室沖淋頭髮上的泡沫，都會突然心塞起來，想起自家門廊對面就住著一個歧視她的老男人，一個恨不得砸她石頭的人。

男友不懂她其實是又氣又怕，為自己、也為女兒，香如知道人不免或多或少地活在他人的歧視裡，但這樣露骨、赤裸的橫亙在她面前，還是頭一個。男友提醒香如他們還有幾年前一起購置的預售屋，不必為了一個暫時的鄰居煩惱。噢，那個可憐的、小小的未來公寓，是啊，起先是等得不耐煩，後來是有意的遺忘，免得操心，只能按時交房貸，多想無益。他們養成晚酌的習慣，在孩子睡覺後啜飲啤酒，吃垃圾食物，她羨慕他，才喝半罐就會睏得睜不開眼睛，她卻咬著指尖入眠，當然，只要他們還能心甘情願地使用浴間裡的同一塊肥皂，也默認它仍會在彼此的皮膚上留下不同的氣味，就彷彿、彷彿從來沒有別的選擇。

「去死……」仍是這樣的嘶嘶聲，無力的阿瓦達可達法拉咒，香如每次經過門廊時腳步都特別堅決，像從戰壕裡走出來，脊背緊繃，隨時要決定是戰是逃，幸好，她已很久沒碰見八號房的居民了。再說，那年五月大家過得昏昏沉沉，無暇他顧，他們很晚才知道他死了，帶鎖匠來開門的里長事後說，發現時，他已經失去生命跡象，他妻子長期住院，他兒子找清運公司來把八號搬空了。

忘記是哪天了，大概就是學校的政策逐漸穩定下來，至少是孩子上學的時間不再磕磕絆絆的時期，因為香如有天送孩子回來，電梯門一開，就見到鬚髮俱全，在堆棧般的門廊找東西的幽靈，香如倒退一大步，卻被極速關上的電梯門「咚」地一聲撞了回來。

幽靈煩躁地看了她一眼，逕自在雜物裡外出沒，就是冉冉而出、冉冉而沒的。香如一腳高一腳低地回到自己門口，開了鎖，不敢回頭。只記得自己手腳都發涼，感覺很不好，大白天的，天氣還很熱呢。

她先打給男友，要他一下班就回來。

「啊？」

「買兩把菜回來。」跟他講話的同時，香如漸漸平靜下來。

失去生命跡象，失去生命跡象，他年紀那麼大了，走得應該是很平靜的。她對自己說。她把上午預定要做的事做了，隨便吃點東西，又做了下午預定要做的事，然後準備去接孩子，把什麼都帶上，戴了口罩，拿了鑰匙提包，鎖好門。

八號是空的，她轉過身按了電梯鈕，八號是空的。門廊上的紙箱跟雜物都不見了，民國七十年出版的教科書、英語雜誌時有時無，門時開時關，那也是幻影。

過沒兩天，幽靈又現身了，香如直勾勾看著幽靈，跟鬼片裡演的全都反過來了，幽靈忙著整理箱子，毫不在意有人經過，孩子與男友也全無動靜，香如才是見鬼的那個，她不喜歡恐怖片，也沒聽過這麼無害的鬼。

算了，香如感謝他從沒越界跑到對門來，只是在幻影裡搬弄自己的紙箱與影子。而且不管還有誰在場，總是只有她一個人看見他，是詛咒嗎？香如不怪他，是她先的喔，早在他成為幽靈之前。

生活的發條重新開始轉動，整整遲了兩年的房子終於交屋了，香如與男友決定簡單鋪個地板，買幾件家電就搬過去，她並不是真的忘記幽靈的存在，只是習慣了，失去生命跡象的幽靈逐漸從先前的煩躁轉為憂愁，光芒也逐漸黯淡，帶著即將失散的氣味。

香如按著電梯門，讓貨車司機把要運走的東西堆滿電梯，然後就站在電梯口簽了電子三聯單，都弄好了。電梯關上後，幽靈還在門裡門外踱著方步，對香如無甚理會的樣子也和生前一模一樣，香如有些歉然，怎麼就沒聽說別人見到他呢？每個人都想被看見，不是嗎？

等電梯門開了，香如又去按住電梯門，奇怪的事發生了，電梯裡沒人，只漫出一陣灰藍色，幽靈的光芒頓時閃動起來，那團灰藍色緩緩凝成了幽靈的妻。

大抵不論是什麼東西，在它燃燒的時候，大家總是會凝視那火光，即使是虛無在燃燒，香如凝視著虛無，移不開眼睛，直到火焰燃盡，眼皮下還閃爍幸福的餘光。

更美好的生活

星期五晚上，兩人各自在雙人床的一角滑手機，充電中的手機離不了兩側的插座，彷彿拉著維生器，兩人都被掌中的螢光滋養著，顯得非常寧靜，惟芬卻突然說，她週六下午要出門。

「那寶寶怎麼辦？」一出口就知道糟了，說錯話。

「寶寶是我一個人的嗎？」惟芬細細的眼睛，悲傷與不悅時眼尾都往下撇，悲傷時是寫得平淺的八，不悅的八寫得比較緊湊。

「知道了。」這句好，似認錯又不像認錯，也沒有俯首認輸的恥辱感。

惟芬沒繼續追擊，倒把手機湊過來說，有個年輕的服裝設計師出書了，要辦新書座談會。

「妳去布置會場？」

惟芬一笑，「哪有那麼多錢？出版社。」兩人都是做過相關工作的，她這話餘音裊裊，聽在耳裡有點地獄。

惟芬花藝班的學生郁蕙是這本書的編輯，惟芬跟幾個學生說好要一起去參加，還都要紮一束花去。現今，實體講座難得能辦得起來啊。惟芬心情很好，化過妝，穿上藍白底色的夏季洋裝，在鏡子裡凝視自己，好像不應該是這樣的，好像應該有更決定性的不同，「不是有一個生命通過我，來到了這個世界嗎？」這幼稚的提問或許是她臉上唯一淡淡的疑雲。

本以為藝文講座不會來太多人，誰知會場黑壓壓坐滿聽眾，臉上皆戴著口罩，郁蕙曾說，作者的網路流量很高，是個又年輕、又漂亮的室內設計師，非常有人氣，只是她仍有些擔心，疫情才稍稍鬆綁，就辦了講座，真怕落得網上呼聲高、現場無一人。幸好，大家都來了。

這個設計師果然外型出眾、談吐俐落，整場講座中，與現場讀者有問有答，氣氛很熱烈。

郁蕙事先送了惟芬一本簽名書，還說她是本書的「理想讀者」，即使在職場上已經習慣被人以「老師」尊稱著，惟芬仍是有點受寵若驚，但她的確喜歡這本書啊！有些書會讓人嚮往更美好的生活，惟芬相信，這本書就是個明證。

會場的冷氣太冷了，穿著棉質洋裝的惟芬坐立難安，幸好另外兩個學生也前後抵達了。三人都說冷，其中一個拿出包裡折好的細駝絨披肩，大家一起窩在裡頭禦寒，好像學校週會時聽校長演講一樣，大齡少女動不動就在披肩底下發笑，她們其實也沒比惟芬大多少，此時更顯年少，奔五的人，孩子一離巢，不管有沒有老公都是二次單身。

會後有簽書時間，作者戴上口罩幫讀者簽書、握手，但仍然很多人一上來就問能不能拿下口罩合影，她本人比照片更漂亮，黑髮微捲，穿著花瓣領、泡泡袖的緞白衣裙，軟質小羊皮靴，活色生香，若是女神就是希臘女神。來排隊簽書的讀者都想多聊兩句、想合照。

郁蕙在旁也走不開，惟芬就先把自己與學生紮的捧花整理一下，原都是要給郁蕙的，不如借花獻佛，作者拿一束，對談者拿一束，充當主持的郁蕙拿一束。恰好有一把淡綠香草綴白花的，配色很美，跟作者的衣服相得益彰，三束都送出去了。大家誇張地各個都隔空擁抱了一下，在空氣中咂咂吻出聲來，惟芬又一次覺得很喜歡和她們相處，停留在一切還沒開始的歡樂，電影放映前的可愛預告片。

四到六月那段時間疫情緊張，教室也停了一段時間沒開課，比較熟的師生在線上約好一起做了個季節花環，學員都說很耐放，還在呢。此時郁蕙挽留大家，說等一下去喝杯茶吧？惟芬笑說她住得比較遠，還是先走了。

意外的是，竟在電梯口碰見蘇蘇，看來也是剛從座談會出來的，奇怪，剛剛在會場都沒見著對方？但如果剛剛是她先見到蘇蘇，惟芬也說不準自己會不會刻意避開。

她們有幾年沒見面了？五年以上了吧，仍是毫無疑問地知道對方認出自己，就像剛放下手裡的冷飲，又伸手去拿而已，杯身還有微溫。

聽見蘇蘇說「好巧喔！妳也來了？」的時候，有一股奇妙的氣味，讓惟芬明白，蘇蘇並不樂意見到她，可是當惟芬照實說，她正趕著要回家時，蘇蘇卻又長長的「ㄏㄚˊ」了一聲好像萬分不捨，還說到處都解封了，應該一起去哪振興經濟嘛！總之，就是死乞白賴不肯放她走了。

惟芬心想，這蘇蘇跟以前一樣，我行我素的。

於是兩人說好，從大樓出來以後，沿路看看有什麼咖啡館或方便進去的地方，很多店鐵門深鎖，或謝絕入座，只開了點餐窗臺，街景早已與之前迥然不同，陌生得像異國，甚至像某些日本的小市鎮。

天氣不錯，城裡的人仍不太出來，初夏的午後也不燠熱也不悶溼，僅是暖陽灼灼點亮了所有反光之物，走久了，一點微汗冒出來。粉紅熊貓跟 Ubereat 的送餐員用大口罩掩著嘴，單腳撐地，跨著車在門口滑手機，惟芬在口罩跟護目鏡下想著，世事翻轉得好快，居然她也習慣了。

有家餐酒館在門口寫著：「入內請先按鈴，按鈴前請先消毒。」用手機回傳了實聯制訊息，兩人在附體溫計的消毒器裡伸手，機器播放的女性語音如鸚鵡報出「溫度正常」，裡面的店員似乎正在等這句話，搶在他們按鈴前就推門出來招呼。

走入鋼琴聲迴蕩的室內，沁涼的空調一下子提振人心，清爽多了，女店員繫著深色布圍裙，戴櫻桃圖案口罩，長長的吧檯上有一盆少見的蘭草，滿盆蒼翠葉子條條如瀑，比一般盆栽亮眼，店員將她們發配到邊疆。裡面十張桌子，只有另兩組客人，彼此隔得老遠。

惟芬在家飾公司上班時，與蘇蘇是同事，兩人都很喜歡雜貨，只是惟芬情鍾日雜，甚至是貼著法蘭西幻想的日雜，蘇蘇則偏愛東南亞的民間手藝，旅途中任意混搭，從入職以來，兩人從二十歲初到三十出頭，幾乎天天會在公司或門市碰面。一直到惟芬三十二歲那年離職正式去學花藝為止，此後的聯絡只限於線上寒暄，公開貼文下都嚷著對方美如天仙，吵著要約出來見面，實際上誰也沒約誰。

蘇蘇過得好不好？在社群網站上也看不出端倪，只知道蘇蘇離職以後，兼做門市設計、打造網路課程什麼的，還得過獎，蘇蘇現在也被尊稱為老師，戴上了四十歲女性的標籤了嗎？

兩人用點餐系統端詳著螢幕點了飲料，蘇蘇早已迫不及待地拿下口罩，她細緻的輪廓與柔嫩的肌膚與一頭短髮很相襯，還上了淡妝，晶亮的薄藍色礦石耳墜從髮絲間不經意的閃現，正如臺北的晴空。蘇蘇向來輕靈漂亮，纖細的身姿神似九〇年代的港星，現在仍有那點味道，就算眼角眉梢略顯疲憊還是好看。或許更好看了。

更好看的蘇蘇喝著熱咖啡，手拿銀匙舀弄著瓷盅裡褐色的糖塊，神情卻遮遮掩掩的，是有點事想講卻不肯爽快說出來的樣子，沒聊上兩句近況，倒又問惟芬晚上要不要一起吃飯，還說記得這月份是惟芬生日，她來請客。惟芬笑說不行啊，晚飯得回家吃，蘇蘇才咦了一聲，不知哪來的神經，突然問：「妳結婚啦？」

惟芬因打了細褶而更細的眼皮微微羞紅了起來，「嗳！」了一聲。蘇蘇卻沒意會過來，接著問，「還是妳跟男朋友住在一起？」惟芬一笑，竟說不出家裡有八個月大的孩子在等媽媽。但其實蘇蘇只是口頭講講，她對惟芬也就是這兩句，兩人太久沒有說過話，多說幾句就會暴露彼此的隔閡，所以一轉頭又唏噓說起她們的前老闆，他去年底走了，肝癌。蘇蘇還說，若是沒有疫情，她們都會在告別式上碰面的，惟芬被這話一激靈，有點走神。

若是沒有疫情，她們今日的座標肯定不在此地，不知漂移何處了，老老闆甚至不會死吧？她單手按著後頸覺得自己今天太勞累，很想回去，回那個沒住滿兩年，全新的家。

以前，惟芬也曾經很熱心跟女性朋友喝茶閒聊，講講八卦，但這下午出來久了，剛剛坐久了腰痠，已經累著了，年近四十才生養孩子，很累人，她幾乎都沒能好好睡，真沒耐心等著蘇蘇從敘舊聊到深談，話題在她們認識的幾個熟人裡轉來轉去，包括前後共事過的同事秀晶、何小頤等人都帶到了，卻沒料到蘇蘇突然冒出一句：

「我跟她老公在一起。」

「誰？」惟芬茫然。

蘇蘇把手機交出來給惟芬看，用戶名稱有藍勾勾的那個女神設計師的臉書，早已有讀者貼上了女神捧花照。

「就是跟她老公在一起。」蘇蘇突然噙著眼淚。

惟芬呼出一口長氣，驀然想起蘇蘇的戀愛總是帶來麻煩，她曾有一任男友專門在各藝文娛樂場排秀，蘇蘇也跑去學打鼓，開口閉口只有獨立樂團，才剛開始在下班後前往花藝教室的惟芬也常被她拉去。

有一次蘇蘇特別興奮，說要介紹歌手給她認識。

被帶進後臺的惟芬一點也不自在，尤其是那些目測起來頂多二十歲的樂手，她根本不知道他們是誰，而蘇蘇也不介紹惟芬，只是故作天真的問東問西，纏著好脾氣的年輕吉他手說話，惟芬被她晾在一旁，傻站著都尷尬起來了，其實惟芬原本就對音樂不太感興趣，玩音樂的說是樂手，也沒有知名度，即使發行唱片，對惟芬來說也只是路人，她毫無關心，又不知道該不該掉頭就走，既納悶又窘迫，情狀會記得這麼清晰，也是當時憋出來的。

討厭，真是段討厭的回憶。

惟芬啞然看著小心地用紙巾印著眼角的蘇蘇，心頭出現不好的預感，想起蘇蘇每次失戀就會纏著她傾訴講不完的情傷。

然而，現在惟芬仍是默默把始末聽下去，雖然這始末好遠，蘇蘇說，那個女設計師是前年結婚的，她跟丈夫從高中起就開始交往，又各自留學了幾年，疫情初才在雙方家長堅持下結婚的，很快就生了一對雙胞胎：

「試管做的，長得一點也不像，世界上哪有那麼多雙胞胎。」

惟芬不語，因為腕上的智慧型手錶正在跳動，四點整，孩子午睡醒來了吧？想到從粉色睡袍裡露出來的半隻腳丫、暖香的雙頰，抱在懷中就像抱著剛出爐的熱麵包，她不禁胸口鼓動，不妙，這是漲奶的徵兆，惟芬趕緊做了幾個深呼吸。

蘇蘇似乎把她的沉默視為指責，有些生硬地為自己辯白：「不是我主動的，是有人硬要介紹我們認識。」

惟芬又無端地對蘇蘇覺得抱歉，趕緊追問：「誰介紹的？」

那是蘇蘇一個前任的畫廊的開幕茶會，前任新婚，蘇蘇帶著自己正在約會的對象去，當時疫情冗長不斷，參加派對的人卻都沒戴口罩，前男友蓄著鬍鬚穿著長衫，新妻也穿得古色古香，早幾年還好，現在看起來就只能聯想到抖音、小紅書上的漢服Mania，蘇蘇的男伴「哧」地一聲沒忍住笑，引人側目，蘇蘇狠瞪他一眼，心裡不痛快，就不肯跟他站在一起，而且到處都有人來與她攀談，也不知是誰引薦的，她跟Richard交換了名片。

「Richard是誰？」

「就是那個設計師的老公啊！」

被打斷的蘇蘇一臉不耐煩。

惟芬又想起來了！一直以來，她可沒有少受蘇蘇的氣喔。關於蘇蘇，討厭的回憶怎麼會這麼多？她明明早該回到家了，怎麼事隔多年又掉進這個場景？但蘇蘇早已回到自己的傾訴中，說R是那個畫廊的贊助人，五月初蘇蘇在限時動態上貼出自己拿到了塩田千春的參觀名額，那天他才第一次私訊她，約好要一起去。

一個多月前的事罷了，蘇蘇為什麼一臉懷念的樣子？惟芬悄悄嘆氣，低頭從提包裡找消毒紙巾出來擦手，不意卻瞥見包裡那本簽名書，封面是女設計師的笑靨，讀了會教人嚮往更美好的生活，實際上究竟是什麼生活？這本書叫人哭笑不得。

「他也不是第一次。」

「啊？」

這不是R第一次出軌，當初為了寶寶們的健康，他與孕妻分居兩地，拖到現在，小孩都快兩歲了，還遲遲沒住在一起。惟芬自然被小孩的話題引了過去，她自己也知道，真像吞餌的傻魚，但為什麼？為什麼有寶寶就要分居呢？

「為什麼？他是醫生嗎？」

惟芬從蘇蘇的眼神裡看出，自己又問得不對了，煩死了！對方根本就是渣男吧？她怎麼忘了，二十幾歲時津津有味的愛情冒險，說穿了千篇一律，小蘇就是瞎妹，上一秒才在臉書上故弄玄虛說情傷難癒，下一秒就在ＩＧ上跟新歡死生契闊了，惟芬好氣自己，她怎麼會坐在這裡，又任憑蘇蘇擺布了？

「那妳想怎麼樣？」

惟芬以為她的反擊會像兔子的銳叫般嚇到蘇蘇，因為她也嚇到了自己，沒想到蘇蘇竟突然淚流滿面，惟芬像是看到不該看的東西，急著別過頭去。

惟芬剛回家時有點怏怏不樂，等兩人一起餵了寶寶、幫孩子洗過澡，惟芬才慢慢回過神來，寶寶睡了，秀晶照例準備熱敷，等惟芬盥洗後來作復健，她們都不懂得正確抱孩子的方法，隨著寶寶體重日增，兩人都患上了媽媽手，秀晶還比惟芬嚴重些。

「碰到蘇蘇了。」

惟芬終於開口，接下來就絮絮叨叨地怪自己還是一樣無法說不，在蘇蘇面前，總是被牽著鼻子走，最後說：「其實，這跟她以前的任何一段感情都一樣嘛。每次她都是這樣啊。」

「妳有跟她提到我們的事嗎?她知道我們有寶寶了嗎?」秀晶殷殷追問，惟芬雖極力忍耐，卻仍「噗」地一聲笑了出來，怎麼可能哦！蘇蘇怎麼可能注意到別人也有自己的一份生活，也有愛?她除了自己之外什麼都沒有。

「我以前就覺得，妳太縱容蘇蘇了。」

那還怪我嗎?起先當然不知道呀！蘇蘇很漂亮也很引人注目，舉手投足都讓人豔羨，不知不覺，這段友情變成繞著蘇蘇打轉，後來就覺得太負擔了，覺得好累。沉默半晌，惟芬才說：「也算是朋友嘛。」

「什麼都不告訴蘇蘇，妳真的把她當朋友嗎?」

「她又不關心。」

秀晶嘆了一口大氣，不是怪她，但也是怪她，交往以來，秀晶的家人與好友對惟芬敞開雙臂，什麼都好，什麼都答應，卻沒見惟芬有點動靜，惟芬說，她只是不想扮演大家眼中以為的「那種人」。

哪種人？同性戀？雙性戀？去國外做人工授精的女同志？惟芬卻說她只是希望自己的名字不要加上那麼多別人的以為、加上那麼多標籤，不要別人把她任意歸類，所以她寧可銷聲匿跡，也不想這樣。

「我的同事都知道我有太太、有小孩，妳的學生也知道呀。就連妳爸媽都接受了。」

「妳明知道我爸媽沒有善待我，他們看我這樣，可能還覺得以前對我不好是情有可原了。」

惟芬背轉身，把自己的重量全壓在熱敷墊上，悄悄把眼中的淚水擦去，她從來不像別人，別人彷彿都是完全長好的個體，大家都被幼時呼吸的空氣、家人的話語以及血肉中錄製完好的基因所育成，直到各種執念自然地像是直接在最初誕生時的肌膚上長滿、閉合的生物膜，一體成型，自己卻老是小心翼翼，破綻處處。

「可是、我到底對不起誰？我沒有對不起任何人啊。」

秀晶從她身後抱著她，輕輕發出「噓」、「噓」的聲音。

蘇蘇開了租屋處樓下的鐵門，這條巷子背光，很陰涼，五月那天，在北美館看過展，他送她回來，要道別時，有一個片刻是很漫長的，空氣如蜂蜜濃郁，彷彿兩人也被看不見的紅線密密地纏繞在一起。

他們明明都戴著口罩，眼睛卻相觸著，她做了一個手勢引他近身，他沒有靠近，然而當她移動腳步上樓時，身後的他很靜、但很確實地跟在她身後，她身上的薄衫之前被汗水溼透，上樓時在陰涼的磚牆內面感受到建築物散出的森森之氣，更加水淋淋地貼在她單薄的胸乳上，那時天還沒黑，到處靜悄悄的，人人自願居家隔離，還有外送箱放在各人門口，蘇蘇住在樓尾，加蓋出來的，她開了鐵門，回身幫他把口罩拿掉，他則來幫她。

隔天、又隔天，兩人一直沒出門，末日就在窗外死氣沉沉，路上常有救護車一路鳴響而過，更襯出死寂，這樣一天拖過一天，外頭似乎很危險，然而身畔的陌生人就不危險嗎？

R的無名指上有一般雪茄菸身緊箍著那樣的燙金指環，是婚戒，小蘇問他當初為什麼結婚，他說：「沒有更合適的人啊。」

當R說起自己與妻子是高中同學時，小蘇僵了一下，她搜查過他的種種，知道他的妻子常常受訪，小有名氣，萬萬沒想到他們是高中同學。

「對啊，我們是同班同學。」

「為什麼是她？」

「就合適啊。」

對他來說這跟空氣一樣無須解釋，小蘇幾歲了？大概也有三十幾了吧？三十幾歲的人，怎麼會聽不懂？他跟妻子從小就認識，家庭環境相仿，雙方家長都想要他們結婚……小蘇沒聽懂嗎？她很聰明的呀。

他猜不到小蘇想的是，他正在表現他的「求生欲」，在「暈」，他老婆才是難忘的「初戀」，不管R怎麼定義「合適」，小蘇就是不接受他的說法，也沒當面辯駁，只是那兩肩一擰。

「不要使態哦。」

「你才使態。」

「妳才使態。」

「好啦你們是真愛啦。」

聽起來好刺耳，甜笑也成了苦笑。

「老婆歸老婆，我一直都有別的女朋友。」

小蘇像被電到，不，反過來才對，像斷電一樣默不作聲了，一夜無話。

他卻是打從心底鬆了一口氣，感覺今晚能好好睡一覺，不會在夜裡被小蘇的啜泣驚醒，小蘇的睡榻是三張榻榻米，兩人說同床也不是同床，小蘇給他準備的棉被與枕套都有晒過的味道，睡了幾夜，甚至有家的感覺了。

晴天，小蘇晾晒的衣物裡雜有他的新衣，這次住下來，他網購不少衣物鞋襪，然而他最常穿著的是小蘇驅動針車替他縫製的「古早衣」，要解釋是什麼款式呢？有點像日式旅館或溫泉場提供的浴衣，卻有腰身，他也學會了將雙手交叉藏在前胸暗袋的姿態，趁小蘇晒衣時，他試著引誘她跟他在陽臺做愛，沒成功，小蘇把他當蒼蠅一樣揮開，叫他不要擾人，他沒走，還故意敞開前襟，打算把自己晒得更黑，這陽臺只有五層樓高，又雜入暗巷，要說一覽千門萬戶是沒有的，但同樣低矮的樓房累累可觀，遠處河濱一派新綠，沒有人，或是有人卻沒給他見到，他也想像自己會不會有一天真的走到河濱，走到現在的視野邊緣，作一個不一定會被人見到的黑點。

看小蘇自己慢慢磨出兩人份的咖啡豆、煮水、做手沖咖啡很有趣，她也煮一種藥草茶，顏色淡綠，清苦不澀，他問，這藥草哪來的，沒喝過，這哪裡來的？多少錢？小蘇隨口說，十塊錢吧。

「哦，不貴呀。」

他認真，不知為什麼小蘇笑出聲來，說他很幽默，他不解，甚至有點不高興了，有些人動不動就對他笑得花枝亂顫，這是他第一次把小蘇跟那些人聯繫到一起，起了戒心，兩人都沒搞清楚，他想的是美金十塊錢。

總之，就是有這種時刻令他很想掉頭就走，有時非常聊不來，枯燥乏味，然而呢，有時她放了音樂，或沒放音樂，她只是盤腿坐在一旁，出神地在吃切成條的番薯蜜餞，空氣卻是鮮活得能掐出水來。

她有時趕他走，因為她要做瑜伽嘛，她要自己的時間，「外面很危險哪！」他冒出英語，他的英語有時更流利更接近他自己，雖然有些人會故意讓他知道，他的中文不好英文也不好，但他不也能安然停留在沒什麼好的狀態下，怡然自得嗎？

所以他說：「妳怎麼忍心哦！」

小蘇又擰著雙肩：「那我要做瑜伽嘛。」

他就要求小蘇教他做瑜伽，她是師資級，能在方圓之地讓他大汗淋漓，隔天一身疫痛，他眼睛眨個不停，是淚水真的沾在睫毛上，哀求她來給他按摩。

沒人找過他，很久沒接案子，工作室早就算是停擺了，還是有薪水，從這裡到那裡，他有很多薪水匯到這裡那裡，其實都在同樣的地方，落葉只能在同一個渦流打轉，他的卡也會自動結清，一切都有公司結賬，那個公司是他們所有堂兄弟都有股份的公司，會計師知道怎麼節稅。

他網購遊戲機跟遊戲到小蘇這裡，小蘇竟然什麼也不會玩？

「妳小時候沒玩過這個？那這個呢？那超級瑪利歐呢？」

小時候，蘇蘇想起的是洗淨的排筆筆刷，她很在意這些是動物毛羽造成的，狼毫雪兔，松節油跟墨條的味道，還有，在各樣不同材質的紙上試色後，她自己做了色標，整排釘在一起，是她的寶貝。放學時她直接回姑姑開設的美術教室畫畫，她的爸媽常年不在家，她又總是有很多圖要畫。

一幅畫總要畫上數週，縣市賽以後又是全國賽，畫了環保綠色信念又要畫反毒文宣，升學考前她專畫各種特殊材質，玻璃毛皮晶玉水杯雞蛋蘋果絲巾石膏像，靜物就是她的大考，她在課本上的偉人肖像頭上畫雲彩，永遠散不開的聖光，同儕們都是寬潤的孩子臉，當然找不出石膏像的線條，老師都不嫌她功課差，甚至還誇她「有靈氣」，比較吵鬧、發出嗡嗚的是別的家長們的聲音，說她有特權，可是她是要走藝術路線的人，永遠不會占到其他同學的名額，不好嗎？

申請了設計系以後，她好像有一整年幾乎沒有坐下來畫過什麼，畫得好不好再也不重要了，彷彿剪斷了風箏線，被大風颳走，身邊也出現許多不畫畫的人，以前，那些不是真正的人，到處都是亂走的影子，說話聲，所有沒被定格下來的……還有聲音，她真想活在音樂裡，然後她注意到自己還是跟別人不太一樣的，總是會有人很喜歡自己，哦，當她與某個人有所關聯，討厭或喜歡，或只是很在意，那才是能夠把她牽引到日常裡的魔法，跟生命的喜悅綁定的日常。

她沒有玩過電玩，可是她那麼喜歡薩爾達的「世界」，她花了好幾天都在徒步探險，聽著風聲，隨處潛藏而無可追回的是自己的心。

幾乎沒人打電話來，有也是不著邊際的打哈哈，家庭群組定時有孩子的影片，給岳父岳母看，老婆的家事助理發的，所以他比較少回，他第一次想要走，藉口是要找個地方跟家人視訊，其實不是為了這個，他只是起了一點反抗心，這點很奇怪，他一向什麼都不反抗的。

蘇蘇也不讓，說外面很危險，他自己不會看嗎？外面都沒人。外面哪沒有人？送餐的不就來了嗎？郵差呢？大家也都照常在外面做事啊！兩人第一次爭執了一回。然後他裝模作樣，為了圓謊，狀似負氣地到加蓋的陽臺講了一會兒視訊電話，但不管他說什麼，老婆只是把鏡頭轉到咿呀做聲的孩子面前，老婆說自己跟孩子都很好，工作也順利，要出書了，爸媽問他好不好，你好不好？這兩年都是這樣過來的嗎？好像有點奇怪，但不也都是因為疫情嗎？

後來則是，蘇蘇睡得越來越警醒、他睡得越來越沉。

暮日西沉前，有一剎那橫向而寂靜的光，難得沉靜下來的蘇蘇一步一步地爬上階梯，她要上樓去，該把R叫醒了。

嘉琪與玉澄

花了一年時間在網路上曖昧傳情，玉澄才突然知道那男的已經結了婚，還是拜社群網站照片連來連去才見到婚宴照，不然玉澄根本無從得知。

其實從他臉書貼出的箱根泡湯、深秋賞楓，都料得到那男的身邊有人，玉澄卻說男人條件好，身邊自然圍繞很多異性，「但他沒從情傷裡恢復過來，無法接受任何人。」最重要是因為沒接受玉澄，就算是不能接受任何人。

「他一直在裝單身？」

嘉琪跟所有人一樣，聽見這事就像剛看到蟑螂爬過，都在摸索手邊的什麼、準備除惡務盡。

玉澄擦著淚，卻高姿態地說，「我想通了，其實結婚不算什麼，男人娶的只是剛好可以娶的人。」

「啊？」

「就是那種很方便的女人啦。」

嘉琪不知該說什麼，最後含糊其辭，說：「那也算是命運的一部分。」

玉澄的臉立刻垮了下來，滿眼不服。面容亮麗洋氣的她，表情特別醒目，每次看她當著人翻白眼、打呵欠，嘉琪就跟她講，與其去接睫毛打蘋果肌，不如忍住妳的呵欠與白眼吧。

嘉琪沒在這個節骨眼舊話重提，因為玉澄一向偏低的體重又掉了好幾斤，若在平時，夠她歡天喜地了吧？但玉澄現在忙著細數那男的在訂婚、登記、南北分頭擺酒期間，跟她日夜傳訊談心，對話紀錄與婚訂日期竟有重疊。這是嘉琪覺得很噁心的細節，玉澄卻說是「證據」，證明對方根本無心婚事，更在乎她。

嘉琪看他只是很會曖昧。

「他在乎你，幹麼娶別人？」

「因為我沒有手腕。」玉澄收疊眼簾，「我不是那種會逼人結婚的人。」

不知是正面思考或太過傲慢，從沒跟對方親熱過的玉澄，竟認定自己對那個男的如此重要，重要到令命運繞道一旁。

玉澄還喜歡引證某同事的話，說很多男人都只敢追好追的女生，因此不敢追她。玉澄轉述這話時還對嘉琪靜靜微笑，渾身都是矜持。

嘉琪明明記得說這話的人已離過兩次婚，明擺著有女友，還頻頻向玉澄示好。原來恭維對方貞靜也適於調情。

玉澄沾沾自喜，卻不至於蠢到跟對方有什麼牽扯，來者無恥輸誠，玉澄便不把對方放在眼裡，也不必維持形象，肆無忌憚，畢竟玉澄的層層矜持不是為這種貨色存在，所以不存在矜持。她對自己的特殊包裝只留給有未來的好男人，以及令她有所顧忌的女人。

好男人應該是單身，有車有房有好工作。

配得上好男人的在玉澄認為，自然是好女人，好女人永遠回絕臨時邀約，約兩次得拒絕一次，對過往情史絕口不提、保持神祕。

好女人約會時絕不掏錢，而是適時買些小禮物或請吃蛋糕喝咖啡，作為識大體的表現。好女人必須隱約展現性感風情，卻得把肌膚相親的時刻一路拖延下去。

若這就是相愛的一切，那麼玉澄與「無法接受任何人」的隱婚男子，倒是可長可久，既無實質接觸，便永遠猜心曖昧、空中傳情。突破婚戀的各種約束，不啻為真愛。

然而千辛萬苦扮成一個好女人，怎麼換不來臉書上的穩交、節日的放閃？

玉澄斬釘截鐵地說，反正那個與隱婚男子出雙入對，登記成為合法伴侶的人，絕不是什麼好女人。

玉澄大概沒注意到，得體幽默的網路傾談與三問兩沒空的恩威並施，對一般求偶期的男子來說是太複雜了，對精神出軌的已婚男子倒挺對味的，既然是柏拉圖戀愛，男的也知道，能這樣酸酸甜甜空中再會的關鍵是：繼續假裝單身。

他可清醒了，清醒的人才能享受曖昧。

「我清醒了，」她說，「我以後不能不為自己打算了。」

嘉琪無語，玉澄是她見過最會為自己打算的女人。

玉澄看嘉琪獃鈍的樣子，對自己翻了個白眼，心想反正跟嘉琪說什麼都多餘，又沉回自己的心事。

其實，舉止始終放不開、深信永遠有人盯著自己品頭論足的玉澄，只有在幻想中才能昂頭傲視。她處處畏怯，因為他人的目光太沉重。（人家總是好怕出醜喔。）

苦於不能特立獨行，又為過剩的自我意識感到困擾，幸好玉澄始終深信，有識人之明的，就會看出外表秀麗的她內裡還是個害羞、敏銳又有才華的女孩。

有識人之明、愛電影談文學的那個，娶了別人。

「你還喜歡那男的？」嘉琪很不識相地問。

「那男的」本來有名有姓，玉澄給他取了好幾個俏皮的外號，現在卻是「那男的」了。玉澄自覺絲絲呼吸都抽痛，這列長除不盡的計算，勾動太多心事。

要承認這段曖昧蕩漾只能歸作自作多情，又是她絕對受不了的。

看玉澄面皮時青時白，嘉琪緩緩氣，閉上嘴，自己尋思，楊丞琳有首歌說曖昧讓人受盡委屈，找不到相愛的證據。其實玉澄應該把這歌詞做成簽名檔閃動粉紅，然後跟國中二年級的女生一樣在D-card戀愛交友版上發問，誠心等網友拍拍秀秀請大家鞭小力一點。

玉澄確實是有滿肚憤懣要問，卻是天問，她拉嘉琪跟她去桌頭問卦。

卜卦問事，是在巷弄裡的神壇，求問的人很多，與陌生人分坐長凳，等叫號，她倆拎著各自的包包、外衣，微雨午後，被煙氣火光熏燎著，並不討厭，紙錢邊緣慢燃行走的星星呼吸般閃爍，火一滅就只剩黑色殘骸。桌是有的，是張上了漆的長案，穿著灰色道袍、一頭烏髮的中年男子據案端坐，桌上筆墨紙硯一應俱全，閒閒地拈著筆在紙上隨意點畫，執事的幾個老太太開始叫號了，他才不知從哪找出道冠，勒起前額，開始聽取信眾叨叨的災厄苦難，為神明辦事。

有對中年男女拉拉扯扯狀極親熱地來占卜情路，女子浮粉滿面，男子替她拎著女用手袋，騰出手就往她脅下摸索，女的嗚呼忍笑。

拈香時女的雖是雙手敬舉三炷香潛心喃喃，右足卻點開絞銀絲的透明跟鞋，勾在自己凍紅龜裂的左腳跟上。

道士一臉嫌麻煩地端出一盤蓋著的棋子，讓他倆任意揀擇，神明的道德感似乎比較強，說是不看好。

其實不通神的也看得出兩人膩膩歪歪，不是正頭夫妻。但這對男女除了彼此，根本目中無人，不時對視嬉笑，悄悄附耳。留下一封香油錢就手拖著手走了。

年輕人熱戀也是醜態百出，但青春當時，像小貓戀春，只是教人發笑。中年人熱戀，旁人則百感交集。嘉琪也是，看著有點怕，不敢去想那兩具完熟的身體，還會迸發多少情欲。

輪到她們，道士先讓玉澄拈香敬拜，把線香在爐裡端正立好後，玉澄猶疑半晌，撚出幾個棋子，道士看了看，便要玉澄補植桃花（批價三千六）、下個月初一來敬拜胭脂水粉，可招緣分。玉澄在盤裡奉上香油錢，接過道士遞來粉色封包，收款的老太太在櫃檯後問明生辰寫單據，付款後把封包燒化。

嘉琪看有些心驚，心想自己可不要為一包要燒掉的東西付三千六，照樣取香拜過神明，神壇上神像的面目黝黑，遍身錦緞，嘉琪看了一眼就低下眼睛，先看穿自己心裡的自私、貪婪和輕率。上過香，翻開的棋子是紅兵黑卒，等道士指示，誰知道士只是低頭翻看天書良久不語，嘉琪疑心他把自己忘了，道士才說：「過幾年就好了。」

嘉琪取出事先準備好的香油錢（兩百元）放進盤裡，道士才突然想起似的：「艾草，回家洗一下艾草。」

嘉琪回家前先繞到附近的青草行買艾草，乾燥的是絨末，十塊錢一小袋，新鮮的也有，就是蔫蔫的。

中藥行老闆問要做什麼呢。

「洗澡。」說了都覺得荒謬。

老闆給她一小把艾葉。

「光洗艾草不夠，老闆教妳，洗澡水裡放一點鹽跟白米。」櫃檯後頭的男人倚老賣老的說，「玫瑰花要不要？」

玫瑰有現成的，從藥櫃裡捧出一玻璃盅都是，乾燥花苞緊捲著嫣紅，嘉琪心裡念著道士也沒吩咐艾草要摻玫瑰鹽米。卻還是帶了幾兩玫瑰回家。淋浴完在浴缸裡坐下，浸在浮沉著花草米粒的暖暖鹹水裡，不知為何覺得心下頗為安慰。

也是從那男的婚事暴露後，突然，玉澄才想起世上原有結婚這條路。

外貌不差，又有自己的積蓄，在家永遠是父母口中的「ㄇㄟˇ ㄇㄟˊ」，二十來歲不缺男友的時候，玉澄從沒想要結婚，現在呢？

現在玉澄才發現，以前她不稀罕結婚，是因為在家做小姐的日子比較矜貴，所以很怕自己變成某人的太太，為男人洗衣做菜，身價大貶。而今，做了十年以上的會計小姐，再不結婚，就要獨自終老，逼近四十了嘛。

玉澄解決問題一向都是很實際的，美白針沒有白打，神經質的口罩防晒很見成效，原先的黑肉底早已不留痕跡，一口氣白了好幾個色階，前年在兩頰埋的十八條純金弦線拉提，從下巴抓勾到耳際，創口自會生出膠原蛋白，說笑牽痛處都是扎實的新臺幣，蘋果肌每半年補一補，連臥蠶淚溝一起填上就行。

可是可是，結婚當然要先找個好男人吧？回想起來，二十來歲時男友們都對自己那麼好，她明明還是同一個她呀！卻再也找不到猛獻殷勤的男人了。

最後，連續補植好多次桃花的玉澄對嘉琪厭膩地宣稱，她以後都不算命了，因為她什麼都不信了，語氣憤憤。但凡嘉琪又說起八字、塔羅、占星、紫微斗數、前世今生、觀元辰等等窺探天機的奇術，她就冷哼說那沒有用。

也是，各路算命師推斷玉澄的婚期，從三十二、三十四、都講到四十了，玉澄厭恨的憎道：「都不準！浪費錢。」

然而玉澄暗地去算命，還是忍不住會對嘉琪說出來。起先是露餡似的說溜了一兩句，過後撐不住要講，反正都是表姨、表姊，或誰知哪個親戚帶她一起，才跟著去的。

其實嘉琪也不會跟她找碴，但玉澄自己之前還煞有介事對嘉琪說教，多少有些灰溜溜的，三言兩語交代過，咕噥一聲：「也不知道準不準。」就算講完了。嘉琪聽了一定接話：「啊聽起來好好玩喔。」

嘉琪知道，玉澄對她態度變了，不像之前坦率，玉澄怕在嘉琪面前跌身價，便不得不窺伺嘉琪的臉色、防著嘉琪，生怕被嘉琪看低了，也許她總算開始把嘉琪當作一個「同業」來看，婚戀市場的女業務，以自我推銷為己任。

玉澄知道，一個女人逃不了的，就是其他女人的評價，因此，她不能不對旁人有所顧忌，想當個人人稱羡的女人，就得謹言慎行，不要落人話柄，不要人家一轉頭就說她。

說什麼呢？

就是她自己也用來評價別的女人的那些：

長相、身材，有沒有好工作，有沒有錢，還有，人如果聰明好看卻沒人愛，也是會被人看不起的。

嘉琪偏愛裝做對這些不感興趣的樣子，玉澄很嫌棄她。越來越受不了嘉琪的德性。

再說，玉澄什麼都對嘉琪說了，嘉琪呢？

好笑的是，嘉琪分明跟玉澄掏心掏肺過的，但玉澄覺得嘉琪講的那些一點也不重要，她總是白眼一翻，拉長音說：「拜、託、哦，那也沒什麼。」

反正她就不信嘉琪說的，她就覺得嘉琪是把自己的事隱過一邊，不肯講出來，於是她更自我警惕，一定要提防嘉琪。

可玉澄終究是老實人，說提防，也是沒頭沒腦的，有時硬叫嘉琪出來喝茶，相對無言，露出百無聊賴的樣子，嘉琪找些話說，玉澄又嫌煩，對她搜索枯腸拿來聊天的話題，不停地翻白眼或打呵欠，最後自己想講的大概也沒講。

玉澄常以見多識廣的姿態斥嘉琪，表示她並不像嘉琪那樣天真幼稚，尤其嘉琪根本沒多少戀愛經驗，男友劈腿就當世界末日了。

但表面上她很同情嘉琪，還勸嘉琪千萬別原諒對方，有一就有二，男的變心留也留不住。每次提起這些，嘉琪就很難過的樣子。矛盾的是，玉澄自認應該溫柔慰問，才符合自己心軟又溫柔的理想形象，偏偏一邊慰問一邊在心裡尖叫，很怕她半夜哭著打電話來訴苦。

這不是沒發生過哦！有過兩次噢。

（雖然不管嘉琪說什麼，玉澄都分心在看韓劇。）

類似的矛盾也體現在玉澄跟這個世界的關係上，當然啦，要做一個大家公認的好女人，就得扮出一個可愛的樣子，不是扮美，而是故作溫順，可她心裡又是不甘不願的，覺得自己還寧願俏皮叛逆一點，兩性作家不都說，女人就要做自己。

所以，一般心情好的時候，玉澄喜歡細數自己目前有哪些追求者，好像大可以擺在桌上挑挑似的，其實她心裡已經燒得像急病求診，又能對誰說呢。

前幾年，玉澄心心念念的是想談個戀愛，十幾歲時，只要對方長得好看一點就能讓她回家發夢，二十幾歲時則多是跟男朋友一天好、兩天不好的反覆嘔氣，她想要的戀愛，究竟有沒有真正入手過，連她自己都不知道。

考慮到婚事，更沒那麼簡單。

現在，她變得幾近反射地清查各類男性的單身狀況、收入幾何，周遭一出現相貌不錯的單身男人，玉澄便急著接近，若沒下文，就咬定對方是Gay，逼著要人家承認。

「幹麼逼人家跟妳承認，他又沒欠妳。」

「有什麼不能講的？是就是嘛。」

嘉琪很討厭她這樣子。

但玉澄又非常嫌惡在交友軟體上約砲的男人。

她反反覆覆地宣誓，一定要先有愛才能有身體，先有愛才能有身體，先有愛才能有身體。

嘉琪「咦」了一聲：「那不就表示身體比愛重要？」

玉澄斥責她：「我哪有這樣講？反正約砲就是噁男，沒水準。」

嘉琪心不在焉地回嘴：「那至少不必懷疑他們是Gay吧？」

玉澄聽了很氣，在心裡痛剿這個三八氣，但絕不肯對嘉琪（或對自己）承認她被傷了自尊。

難得玉澄跟某網友約出來幾次，感覺滿好，後來無疾而終了，玉澄自己在家悶了很久，最後還是找嘉琪出來，把兩人前因後果都講了，說起先都好好的，約過幾次會，之後玉澄幾次找機會跟他聊天，他久久才回一句，說很忙，玉澄等他不忙，等了一等，也沒聲息了。網路時代嘛，哪裡撈的又回哪裡去。

但曾經往來得那麼勤，突然就這樣沒了，心裡很空落。

「其實也沒什麼啦！但這樣不是很怪嗎？他是不是Gay？」

人家不喜歡妳就是Gay嗎？嘉琪無語。

但玉澄不容她沉默，咄咄逼人，嘉琪迫不得已才說：「就沒那麼喜歡吧。」

「誰在說什麼喜歡！我會隨便喜歡人嗎？」玉澄惱怒起來，畢竟不是厲害的人，一動氣就掀眉瞪眼，在速食店裡聲音拔高。

嘉琪吃了一驚，聲音弱了大半截，蚊蚋般細：「那不就好了。」

「妳就是見不得我好！」玉澄也知怒火來得沒頭沒腦，卻越發焦躁，被沒神經又不會看人臉色的嘉琪這樣說，她受不了。

玉澄受不了嘉琪的地方可多了。

她那頭髮，剪到眉緣從沒染燙的香菇頭，說好聽是文青風，玉澄看她是懶，不然就是看書腦袋看壞掉了，皮膚保養都不做，邋遢當脫俗，不過三十三已經是付嬸樣，髮膚這樣粗糙，還談靈魂伴侶嗎？

偏偏嘉琪什麼都不打理，做任何事，丟三落四，自己當笑話講給別人聽，根本不好笑。

每次戴粗框眼鏡牛仔褲配帆布鞋，還殷殷問人這樣穿好不好，當然不好！感情觀有問題，沒交過什麼男朋友，前後暗戀一個又一個，不然就是翻來覆去回憶那個劈腿的，愛做悲劇女主角，又不學著穿衣打扮，不知哪來的自信出街見客，會有人要才怪。

僵了半天，嘉琪訕訕說要點飲料，起身就去櫃檯排隊。她們見面一向在麥當勞、MOS隨便喝杯飲料就算了，玉澄認為見嘉琪，根本不值得花一百八去咖啡店點飲料，若是去文創風的網紅小店，當然要美肌自拍打卡一下，但跟嘉琪見面，只要叫嘉琪到自己家附近來就好，反正嘉琪她愛遲到，等嘉琪真的到了附近，玉澄才姍姍下樓，頭髮沒梳就出來了，自然沒什麼好拍。

此時她只是死瞪著嘉琪後腦勺，很氣自己把這件事講給嘉琪知道，不講就沒事了。

可是、可是她一向跟辦公室那群女同事處不來。

那群女的就是那些得加以顧忌的女人。

她總覺得自己被排擠在外。

以前念書時，班上幾個漂亮女生最要好了，後來呢？開始談戀愛交男友以後，她就想不起自己還有過什麼女性朋友了。但當時她們真的很好，是姐妹淘，現在說是閨蜜。

幾個高中女生整天瘋在一起，每個月都傳閱時尚雜誌，一起去逛西門町、在泡沫紅茶店等男生來搭訕，分享保養祕訣，還約好一起減肥。

其實個個都纖細得要命，腰圍二十一，一雙鉛筆腿，不知為什麼她卻怎麼看都覺得自己臃腫粗肥，吃幾口就要肥死，得挨餓才有成就感，十幾歲起就學著亂用保養品，乳液前一款化妝水，乳液後再一款化妝水。還恨頭髮鬈硬得像鋼刷，非得熨平扯直不可，好花錢。搭公車時幽幽凝視窗玻璃上那張沒能光淨白皙的面皮，漂亮眼睛裡都是惱意。青春的身體是多出來的，出油出汗，一天下來，頭皮便黏膩出味了，跟日雜裡的柔和彩妝格格不入。

男友對她百依百順，任她使喚，她卻很討厭跟他一起被人看見，嫌人家長得不帥。分開後她另有人追，前男友倒又回頭了。她的感情生活以女性雜誌的心理測驗做範本，做頭髮時拿起來逐個計算誰拿了幾個A幾個B幾個C，加總給分。

弔詭的是，她打從心底看不起自己的追求者，即使後來也談起戀愛，卻還是認為他們就是差了那一點，作為自己的手下敗將，她對他們沒有一點敬意。

二十來歲好風光，她嘗盡美麗女孩才有的困擾，在父母面前裝單身，在新男友面前裝清純，回收前男友當工具人，等等等等。

才不想結婚什麼的。

她討厭男友們將她收編到未來的人生時，派給她的角色竟是一同儲錢買房的妻，搞屁啊！她搖動一頭浪漫髮絲，雜誌上說的，女生要有自己的想法，玉澄的想法，就是要當個被看得起的人，外表要靚樣有品味，談吐要讓人拜服，講幾句話就要有思想，自己賺的錢存起來，另跟爸爸要幾千塊錢去上英文課，很時髦的。

後來也不記得怎麼跟他們都分開了。

「人跟人緣分都是固定的，用完就沒了。」

玉澄三十歲初識嘉琪時就這麼說。她們兩個是搭遊覽巴士認識的，玉澄剛與食之無味的男友分手，雖說食之無味，但分手是對方提的，依然有刺激性，訂了車票說要一個人跑到花蓮散心，其實心裡很怯，她出國很多次卻一輩子沒到過幾個臺灣縣市，連火車上下行都不會看。

恰巧相鄰而坐的嘉琪看起來比她小幾歲，穿著樸素無害，體體貼貼的，不過才聊了兩句，嘉琪說因為男友劈腿，她正在考慮離職，這時心中怨氣早已堵到喉頭的玉澄自然也急著把自己分手的委屈和盤托出，講完了，又辯解似地說：「人跟人的緣分都是固定的，用完就沒了。」

嘉琪當時心忖，玉澄這話也指出她們的結識帶有暫時性，萍水相逢才能把話說到底。

然而她們各自離開花蓮後，還時不時在臺北見面，玉澄說要享受單身、要跟好朋友分享有品質的生活，結果是假日出門看電影什麼的都要拉嘉琪當個伴，嘉琪剛離職，時間多了，也很好約。

起先，嘉琪很驚詫她那種幼稚的表達方式，譬如玉澄每次到西門町，見了滿地年輕人就會大叫：「討厭、我好老了。」最後一個了字還拖長音。

嘉琪後來漸漸明白，玉澄自小養成那種受人嬌寵的習性，動不動就以娃娃音拋出嬌嗔，買鞋時也會對素不相識的店員發出：「我的腳變、大、了。」等語，最後一個了字依舊拖長音。嘉琪旁聽著只覺得一陣不好意思。

兩人說不上特別知心，但現實生活中也絕無利害衝突，就往來了好幾年。

嘉琪原本在某個網站當音樂編輯，離職後仍然兼做採訪稿跟樂評，手底下產出各種文字，沾著媒體的邊，生活好像多姿多采，其實反覆下來，看看也就這樣了。她不是沒有感情生活，只是一言難盡，常常處在悲慘而凶猛的暗戀中，打電話想聽對方的聲音又沒有勇氣開口，性事總是發生在酒後，對方照例道歉說是一時糊塗，此後只當朋友，漸漸地朋友越來越多。又或者，是在人肉市場以手機交友相約，重新開始計較怎樣才算交往，上床、過夜還是吃早餐？暈過水無痕，最後還是只想有張乾淨的床單就好。

這些她不便多說，因為玉澄那套有告白有交往有搖尾乞憐才有床的嚴謹計畫，嘉琪只在電視劇女主角身上看過，但奇怪的是，玉澄著迷的那些電視劇，不也都是女主角必然跟總裁發生關係嗎？結論是要看臉還是要看錢呢？

玉澄是電腦公司裡的會計小姐，隨年資升薪，閒來買買基金，常說生活很無聊，辦公室的女人都好跩，嫁了醜男還沾沾自喜，又說，哎她們大概是真愛啦。然後搧著風彷彿燥熱地笑起來。

這樣發痴發嗔對男人來說可能很愛嬌吧。

嘉琪時常懷疑，金牛男劈腿的對象，或許就是玉澄這類型的女生？看照片同樣是大眼漂亮會打扮，可能也嬌滴滴的用童音說話？後來就是、哎，也說不清，彼此好像一直都在確認還有一個最後的戰友，單身沒對象的生活過得不太甘心，雖然難得僅有一個約得出來殺時間的伴，卻又沒真心真意。

這兩年跟玉澄見面，變得越來越教人煩躁，玉澄總像在開可怕的自憐大會，她一人獨白，指定嘉琪旁觀兼勸慰，嘉琪也是盡力了，好話說盡都沒用，即使嘉琪奮力強調玉澄還年輕，沒什麼好急的，玉澄還會惱羞起來，沒頭沒腦反過來說嘉琪一頓，說她根本不懂。

嘉琪是真的不懂，雖然玉澄總說很支持她，說她寫作很了不起，就像《欲望城市》裡寫專欄的凱莉，那為什麼玉澄要逼嘉琪花時間聽她焦躁地談她屁股很肥減不下來的事，奇怪的是，要是嘉琪說自己胖，玉澄卻會反射性地對她喊：「哪有！妳一點都不胖！」

玉澄執意漠視嘉琪的身高減掉體重等於八十的事實，好像誰都不應該提，連嘉琪這個當事者都不可以。

電腦桌面上貼了各式各樣文學獎的截止時間，然而打開文字檔，嘉琪只覺得越來越透不過氣，越來越難專心整理自己往年的落選作。

當初離職說是為了實現寫作夢，這幾年卻與嚴肅的「文學」、「藝術」離得越來越遠。

牆上的明信片與立可拍滿是塵埃，食指一蘸就是一層灰。是二十來歲時認識的人，嘉琪也夾在裡頭，灰塵下都是青春的臉。

大學畢業後，嘉琪曾在巴黎念過語言學校，廉價的巴黎、貧窮的巴黎、繽紛的巴黎，擠滿非法移民、乞丐以及粗糙仿冒品的巴黎，一波波擁擠著大手筆花錢的富人，漂亮的巴黎媚眼如絲，把所有不相干的人都捲在一起，旋進蕩漾的眼波裡。

每逢假日，學校安排國際學生在近郊觀光旅遊，也到更遠的城市去，做文化導覽，反正學生的荷包已經打開了，儘管伸手往裡頭大把抓錢。學期接近終了，學年班的學生若不是準備打道回府，便是已經申請進了研究所。此時突然來了一個新生。是個香港來的英語教師，他只買了一個月的課程，隨班寄讀，總之拚命地跟上進度，佶屈聱牙地說法文。

那港仔年近三十，人滿斯文，個性也風趣，喜歡自嘲法文發音不好，是真的不好，但他文法跟動詞變化很漂亮，跟他們這班待了大半年的比起來還更頂真。

有次兩人在語言中心的小圖書室碰到面，一起出去買帕尼尼當午餐，迎著夏日的冷風在塞納河畔踱步取暖，眼角瞥見兩人長長的身影映在河畔的石牆上，風從遠處送來幾句法文對白，她手裡的麵包夾肉滾在紅白藍三色薄紙捲裡，呼吸著風裡的淡淡河腥氣。

走到這樣的風景裡，嘉琪偏偏想起那個只會開白爛玩笑的男生、那段因為她要到法國遊學就嘔氣到切斷的初戀。

初戀男友這時間反正是一邊吃鹽酥雞一邊在電腦前玩封測戰吧。

談了分手以後，嘉琪很悲壯地飛到夢想的巴黎，先是寄宿家庭住不慣，接著貼了一些錢跟幾個韓國女生合租公寓，因為不會做飯，勉強吃了好幾個月的冷食，嘉琪在社交上是很沒出息的，人面不廣，學習不出色，家中沒能拿出大錢讓她在外面自由使用，出去聚會，就是跟著吃喝一頓，回租屋處就是看日本臺灣的網路影片，別人有彼此圈子裡的小八卦能交換，努力聽著，根本也不太懂。

轉眼大半年過去了，看人申請學校也豔羨。時序又逐漸轉回夏日，電影裡才有的新橋、梧桐和城堡都見過了，每天在窗外大塊抹開的藍色天空，還像她赤腳踏在冷磚上一樣沁心，彷彿突然被提入冷水。

她還是喜歡這麼空闊的天頂，綴上延展的地平線，每一眼都像第一次相逢，打從心底升起的愛慕。然而比起這景色，自己在這城裡的故事，不過是這樣庸庸碌碌的。

嘉琪想著就說不出的氣惱。

比嘉琪大了六、七歲的港仔，頂多三十吧，被她看作很老，其實他只是臉孔黑黃一點，人很清秀，肩胛骨寬闊、手腳修長，身形仍是個少年人。

兩人在河畔的石墩上便餐，風從河面上吹來，薄薄的日影，她當時只是個稍圓潤的年輕女子，穿著淺粉色毛線衣，青春的曲線在針織衣裳底下難遮難掩。

港仔從口袋裡取出可樂罐，嚼著麵包夾肉，眼神放很長的說，「這就是我的夢想，到巴黎住一個月，每天學法文。我每天都好幸福。」

他說的是法語，轉回有點可愛的廣東國語，又說：「下個月我返工的學校就開學了，那些中學生啊，要加緊學習的嘛。」

嘉琪很詫異，怎麼一個男人的夢想這麼低廉，一個月學費連食宿不過臺幣十萬打死，她當時太驚訝，講給別的同學聽，就沒提十萬塊打死的話，只驚呼：「他的夢想就這樣耶！就只是在巴黎一個月耶。」

誰知多年後，這次的河畔午餐在她心裡越描繪越浪漫，有時想起來覺得有點心酸，那港仔一定是對她有好感，又不知該如何表達。才會跟她走了那麼長的路，在塞納河邊，那樣幽微的。她總是好想對誰講這件事，除了幼稚、愚蠢的初戀，倒楣噁爛的金牛劈腿男，暗戀不成被封鎖，或是手機交友碰到的瞎事，她也有點浪漫的事想講。

玉澄聽了，只覺得嘉琪又在顯擺自己的遊學經了，立刻以打呵欠、翻白眼做為抵制，總之是巴黎嘛，當然浪漫，誰也去過啦。

嘉琪跟自己那些很幽微的往事終於兩樣了，她當時不是這樣的，胳臂不肥，脖子不粗，下巴不是雙層的，甚至根本也不認識那個戀愛同居後劈腿的無良金牛男。

丟下刪改無數次、面目全非的小說，又一次點開那個匿名部落格，嘉琪雙手沾上鍵盤，便自動起草一封嘔心瀝血的長文：「給 Mr. Right 的絕交信」。寫到被自己感動，眼中流淚，十多年過去，塞納河上吹來的風仍勾出她心裡的單薄。

這次的點閱率又進了平臺的前十位，上一篇「忍住一個白眼」已經被轉發了幾萬次，網友迴響都說，動不動就翻白眼的女生真的很多，自以為是小S吧。也有人說人家愛做碧池，做自己，想翻白眼就翻，何必看他人臉色。足足吵鬧了一陣。
她還偷偷擔心玉澄總會看見，然而一點跡象也無。

這兩年，大小出版社好幾家都給嘉琪寫過信，約她出書，她通通置之不理，文章中的她形象美好，要在這個時代留住幻想，就不能現身。為了這不能現身，她浪費了多少邀約喲。學生社團問她能不能去演講的，要買改編版權的也有。廠商邀約也有，要她試用化妝品、保養品、健康食品，還問她要不要寫醫美文。

醫美文，有贊助全身抽脂的嗎？
嘉琪低頭對自己放在鍵盤上肥短的甜不辣指頭笑了出來。

最後一次跟玉澄見面，是那年的中秋前夕，自上一回見面兩人有點不快，隔了好一陣子沒聲息，玉澄突然叫嘉琪出來，說她在公司收了一盒餅，帶回家也是肥到自己，要嘉琪拿去吃，嘉琪也做出欣喜的樣子，她的確喜歡這類吃食，也知道不管彼此齟齬誰是誰非，總需要一個契機來和好。

可惜玉澄說的終究沒錯，「人跟人的緣分都是固定的，用完就沒了。」兩人在車站美食街吃晚飯時，看玉澄鼓著雙頰與天婦羅蓋飯真情自拍的瞬間，嘉琪決心再也不要跟自己假想的情敵來往了，嚴肅的小說創作也不重要了。把網路上化名寫的各種雜文賣了，另找個大點、舒適一點的屋子還比較實在。

那戀愛呢？年屆三十三，身高減體重等於八十，還要戀愛嗎？

嘉琪在心裡飛快清點自己淺薄的感情經歷，懷疑戀愛不過是一念之差，玉澄有她自以為的戀愛觀，但嘉琪難道沒有自己的偏執嗎？

玉澄渾然不知嘉琪翻攪的心事，只是專心對手機鏡頭嘟嘴鼓臉，兩頰都鬆了，又深恨自己的法令紋，心裡有無限委屈，好想大哭一場，但她仍努力給自己提振精神，侃侃而談，說自己開始上健身房、核心運動一做就噴汗等等。最後一次碰面就這樣平平常常的結束了。在那之後，很長時間裡嘉琪都怕玉澄若是約她見面該怎麼拒絕，幸好玉澄除了臉書上的「生日快樂、下次約喔」外，從來沒再跟她聯繫過。

反正本來就談不在一起，根本是兩個世界的人。嘉琪對自己萬般譬解慰問，若非如此，她還真說不清玉澄不再聯繫給自己帶來的衝擊大、還是自己下了決心不跟對方聯絡的衝擊大。她一直對自己說，自己跟玉澄就是天差地別的兩個人。然而不管嘉琪如何否認，兩個女的在這世界上的處境，還能有多少不同呢？

時至今日，嘉琪仍會想起玉澄，也就是想起自己，以為自己多聰明呢，以為只有自己志向遠大，其實誰又比誰強呢？嘉琪仍照樣為了家計天天在寫十二星座男女愛你的方式，結了一個不浪漫也不瘋狂的婚，彷彿原先被扔進天空的茶杯、茶碟、方糖罐都被雜耍師手上的托盤通通接穩了，暗戀與自溺的表演完場結束。

但為什麼每每想起自己只是個剛好可以娶的方便女人，心中仍有叛逆與絕望的波流在奔湧？

便利貼

我告訴她，當時有個聲音對我說，坐下。

我坐下的時候有點踉蹌，尤其是當那個痲點女生不答話欺身過來，死命捏起我左耳的時候，在疼痛和羞赧之外，這件事不知怎地，有點色情。

程程眼睛一亮：「有多色情？」

多色情……我不覺去撫摸早已癒合的傷口。

當時我曲著膝蓋坐在小板凳上，痛得眼淚差點掉下來，麻點女生肩後的逛街人潮像電影遠景，人們一直走來，都是木木的被推進鏡頭，又茫然出鏡，隔著淚光，J嘴唇抿得好緊，神情遙遠而難解，我盡量做出不痛的樣子，讓他好過點。

「讓他好過個屁。」她冷哼。

我很氣短，停了一會，才繼續說下去。

有三個小女生停下來看我，嘴裡嘰嘰咕咕，彼此訴說：「這個一不小心就會發炎喔。」「要一直擦藥啦。」「啊可是我的已經合起來了耶……」

她們熟練地展示彼此的傷口和疼痛，我試圖轉動脖子，麻點女生警告般加重手上的力道，強忍的眼淚便應聲落下。

麻點女生對眼淚無動於衷，她別開頭，向小女生們愛憐地微笑，手上卻若無其事地狠捏我的耳垂。

「怎麼那麼沒耐心？那要再穿一次哦。」

「免費的嗎？」

麻點女生對她們愛嬌又堅決地搖著兩個大圓耳環，她終於放開我通紅赤辣的左耳，取出鐵製的槍型穿耳器，緊騰騰地試扣著彈簧，以西部槍神的姿態放準前方，那些女生都在笑，連我也忍不住。

「你笑了？」

我笑了，抬頭看見那個討厭的招牌，精穿耳洞，尖銳的異物在這同時扎穿我耳垂。

「什麼跟什麼噢。」程程輕輕吐出一口菸。

我閉上嘴，身體裡湧起整個海洋，後腦骨釘穿一樣的疼。

距離J的生日還有一個禮拜的時候，J突然要我去穿耳洞，耳洞穿了，我發現J一直背著我在外面約砲。

「什麼跟什麼哦。」

握著瓷杯取暖，心臟在肋旁突突衝撞，我知道自己面色很壞，也知道程程看在眼裡。

程程是同事的朋友，以前我在找房子時，程程急著搬家，於是我輾轉拿了她的租約，搬到現在住的地方。

幾年來常常只問她水電找誰修，冷氣找誰修，我們可能是認識以來第一次聊這麼多。

程程端詳著我的左耳：「洞呢？看不見啊。」

已經長滿了，或者說，那個傷口從來沒機會成為一個洞，只有我能感覺到那個被奴役的記號。

記憶就像遭受汙染的海洋，水裡的生物死掉腐壞，偶然才在海嘯裡被推送到最前方，我真怕聽見程程的「什麼跟什麼哦」。

耳鳴時，程程握緊我的手。

她的雙手乾燥而溫暖，將我輕輕拽了過去。我的背汗涔涔的，好涼。

咖啡店裡的這張桌上結緊了我跟程程的手，彷彿置身升降機，我內臟下沉，心腔吊升，強嚥著口水，手肘抵住桌面，在瀕臨退潮的海岸，感覺沙粒紛紛融進惡水，跟著程程俯身撈取的動作，我的心一舉脫離了水面。

釣魚的人都知道，拖著魚離開水面的一刻，是那樣沉。

程程捉緊我，過了一段時間，才輕輕放開，她含糊地說：「我知道你很難過。」她有點抱歉，其實我也很抱歉，我失態了，雖然一對男女在咖啡館四手交結並不唐突任何人，然而我倆都知道我們像大水退盡後才在淤泥中裸出身影的罹難者那樣駭人。

我不知道自己怎麼可以這樣，我搭捷運回家，一路上都感覺自己不堅強，反覆的心虛、故作鎮定，在人群裡，我像在一片死珊瑚裡迷路的海馬，像為了焦黑的尤加利樹而哀鳴的無尾熊。

每天下班後，我就把手機關了，原本答應跟程程去看的電影已經下檔，我在曾和J同居的小公寓裡火燒似地亂跳，也常靜臥在小彈簧床上，感受層次豐富的空虛。

隨著時間過去，這一連串從「坐下」開始的詛咒，就像悔罪經懺，牽連極廣，數說愈長，苦於不能開口唸誦，有一天我把這件事寫下來，不是寫在手機或電腦上，而是用原子筆，手像酒精中毒一樣顫抖，屋裡少數幾本書跟漫畫都被撕開充當字紙，多半還是J的，我捏著從錢櫃摸回來的原子筆，寫，都是同樣幾件事顛來倒去。

我要平靜，平靜又揪不回來，感覺到冷，人自然會稍微發抖，不多久溫度就會平衡了，我也在抖，卻控制不了幅度。

後面那棟樓有個怪咖，早晚都會站在窗戶旁邊，面朝天空，拍打兩手長達半個鐘頭，拍打聲響徹整個樓群。

以前J跟我會打著赤膊在陽臺上抽菸，常可以看到那怪咖高高的划動兩臂，慎重地讓左右掌確實由雙膝之間開始向上繞行，最後在額頂相互重擊，就這樣反覆發出單調的劈啪聲。J幾次叼著菸跟我分析，還是上床打屁股最養生。

他的側臉，我不能忘記。

「要打屁股嗎？」

「要。」

嘴裡還留有吮舌的甜。

下大雨的時候我把寫太多字的紙撒到窗外去，風倒吹，窗簾溼整片，原子筆字跡一沾水也只剩用力過的凹痕。

那天傍晚程程來敲門時，撿了一疊上來。

「你不是很愛這漫畫？」

拿回來的頁數感覺比丟下去的多，泡過水再晒乾，紙厚了。

「我帶飯來。」程程說著拿兩個便當出來，路口買的。

我跟她並肩扒便當好像這裡剛死過人一樣，浴室對著陽臺開，臥室則是一開門就看見床，中間的起居室像個穿堂，我們坐在穿堂中央，背抵著牆，遷就超矮的和室桌吃飯。

「陽臺可以抽菸嗎？」

我說就在屋裡抽吧，於是她那盒剩飯上漸漸觸熄了好幾個菸頭。

「搬走以後我第一次來。」

她環視房間，程程的黑眼睛讓我想到一種海灘，海砂凝黑的，淺灘處和芝麻醬一樣看起來細緻油潤，啃進嘴裡，鹹腥扎口。

「東西這麼少？」

「我把J的東西都丟了。」

我說謊，我在床頭櫃裡壓著一個鞋盒，鞋盒裡放了我跟J拍貼的快照、雜七雜八的小紀念品、電影票根、沒開的保險套，還有J第一次也是唯一一次寫給我的便條，說他喜歡我，字很醜。

「這麼絕？這樣你還算巨蟹座嗎？」

我上升在雙子啊。

程程牽動嘴角笑了，像煞一頭小鼠。

程程是天蠍座的，我想起這星座神祕難測，以心地惡毒著稱。

兩個人困在房裡沒說話，很憋悶，漸歇發作的雨中暫晴，灑布著金色銳利的夕陽光，遭強風捲開的細雲，有如婀娜消失在視線裡的白色裙襬，我想不管怎樣唐突，或許該打開電視來看，觸著遙控器上那層灰，我才意識到自己這幾個禮拜竟是一直在這裡，一個人在這裡，我哭倒在程程的肩上，突來的眼淚教人筋疲力竭。

程程頸上的細髮被淚水打溼了，唐草般描在她瓷白的肌膚上。

「那我有沒有跟你講過，當時我為什麼急著要搬家？」她的聲音從我下頷細細傳來。

我搖頭，哭聲就像悶喘，從自己耳裡聽起來特別響，在她冒著熱氣和菸味的脖頸上，淚水不停地從我緊閉的眼中漫出。

「我那時候的男朋友，是個做什麼都很順利的人，在大公司工作，有很好的學歷，是爸媽的乖兒子，家裡也有錢。」

她停了一會，我感覺到她抬手吸菸，當你緊貼住一個人，無論他如何不動聲色，你還是能知道對方做什麼、想什麼。

我也曾緊緊貼著J躺下，然而我卻排拒自己從J身上感覺到的，反而全力去相信從他嘴裡聽到的，因為兩者漸行漸遠，直至背道而馳。

「他說想跟我結婚的時候，我正在考慮換工作，結果我真的辭職了，然後跟他說再也不想見到他，要跟他分手。」程程的聲音低了下去，「其實我也說不上為什麼，只是想這麼做，也就做了……後來很可怕。」

那個做什麼都很順利的人，開始無故曠職，直到被開除為止。因為他要找出第三者，死都要找出那個第三者，他不相信沒有這個人。請徵信社調查，花了二十來萬，直到對方客氣地請他放棄為止。接著他很多次潛進小套房，起先不讓程程發覺，後來卻故意要教她知道，他留下各種不同的東西，證明他愛她，還寄徵信社跟監的照片給她。

最後逼走程程的，是3M利貼便條紙，上面寫著奇怪的字句，把小套房貼成了萬旗飛揚的杏黃色。

「我一邊哭一邊撕那些便條紙，他貼得到處都是，浴室冰箱保鮮盒裡都有，有些貼在家具背面，我盡量不去看上面寫什麼，撕下來就丟掉。」

我陡然睜開眼睛，心底升起可怕的浪頭，程程受到驚動似的轉身看著我，她的臉上混雜著各種感情的痕跡，我想我也是。

我從床頭櫃裡翻出鞋盒，放在程程面前，示意她看，自己卻站得很遠。

程程拿開盒蓋，將盒裡的東西一樣一樣地看了很久，我專心地盯著她臉上的表情，看她揭起那張沾著灰塵的便利貼，又輕輕地放下，那張便利貼當初貼在信箱上，沒有抬頭也沒有署名。程程當心地把每樣東西都看過、歸位了，然後蓋上盒蓋，對我搖一搖頭：「不是他。」

逃過一劫，我慢慢才開始感覺到心悸。

程程眨了下眼睛，又說：「我那個男朋友，字很漂亮。」

不知誰先笑出來的，但結果是我們兩個都笑得前仰後合。

那怪咖的養生拍打突然響起，天色被這聲音切換了，瑰麗而墨藍，有什麼從我身上滲洩了出來，就像有人打開栓塞向我預告那座海終究會消失無蹤，什麼都用盡了，只有消耗悲傷來悲傷。

如果愛情非得有前因後果，我和J之間，就非有這張便利貼，至少在精穿耳洞捅我一窟窿之前，證明J跟我，有一點不可取代的什麼。我解釋給她聽。

「其實我很怕那東西，怕那個顏色。」她的眼睛藏在繚繞的煙裡，「搬了家，我打開一塊很久沒聽的CD，發現裡面有張黃色便利貼，寫了我的全名，要我去死。」她小聲的說，「那天晚上我哭了很久，因為我隱隱有種感覺，感覺自己不會一直這樣下去，我會好起來，我那麼壞那麼壞，竟然還可以好起來。」

「你看，我還是好了哦。」她說。

「什麼跟什麼哦。」我說。

昨日的美食

冷凍的養殖蝦整袋擱在鐵鍋裡沖水退冰，月榮讓水龍頭開著不關，一注水不斷沖淋在塑膠包裝上，凍蝦是節節分明的冰灰色。瓦斯爐上有一滾白水等著汆燙排骨，切了蔥薑蒜，月榮就著鍋緣溢出的清水洗手、洗砧板，過了冰的水森涼森涼，密封包分明還沒拆，指尖上已經沾惹了一絲幻覺裡的海腥味。

她一直沒機會養成對蝦真正的好惡，因為母親茹素，家裡不吃葷菜，雖然她沒被逼著不能吃肉，可是、學校的營養午餐也沒有蝦。

偶然舉家赴宴的場合，端上桌的蝦有熱油炒紅的、沾鹽烤熟的，還有羹湯、炒飯裡的蝦仁。課本上說蝦是節肢動物，陸上的是昆蟲，海裡的是蝦，她自己剝蝦總會被不明就裡的大人褒揚，還時常因為手持蟑螂的既視感而有些怯場，然而吃起來滋味無他，只是一種淡淡的稀罕。

難得與稍顯皺縮的黑眼仁相視，照母親的說法，相食相看，幾經轉圜，終有一劫。她以為這一劫不存在渺茫的過去或未來，這一劫就是挑戰。

明知道母親心裡氣得不行，但每一次她跟妹妹也都若無其事地吃了蝦，吃了蟹，吃了紅燒蹄膀。反正吵不贏自己的媽，就喜歡氣她。整桌宴席吃下來都是叛變的味道，好緊張好緊張，兩人吃得面色緋紅，手心裡冷汗直冒。待她讀高中時，罹癌的母親不再堅持吃素，來探病的師姑安慰病人，說病中要開方便法門啦、魚肉是藥石啦。

妹妹還說：「媽都哭了。」

父親為了陪病，提早辦下退休，帶母親住回老家，還整天在家張羅，忙得紅光滿面。

其實父母感情不壞，可她們一向就覺得是不夠好，也不知何時開始的，兩姊妹不再用孩子看父母的眼光看他們。

妹妹的說法是：「爸只顧自己好。」

這話過分了點，但家務被搶走又被迫離開臺北的母親，自是各種不樂意，月榮記得她好幾次陪母親轉車回臺大醫院看診，計程車司機聽她報路報煩了，嘖嘖不樂，從來經不起眉高眼低的母親，就跟計程車司機搶白：「你不要給我繞，我是臺北人！」她只得在旁忍笑，她們才不是臺北人，她記事最初的印象，就是阿嬤抱她去蔗田尿尿，臺北哪有蔗田。

那時家族裡還碰上小姨丈突然去世，滿口色情雙關語的姨丈死於咽喉癌，她們都以為會聽到什麼業報類的八卦，結果沒有。

「死掉就會變好人。」

出殯前經過漫長的等待，兩姊妹很厭氣地在藍白條紋的喪棚後面打混，青綠色的蔗田與白水晶的夏天，於是一邊詆毀死人一邊吃枝仔冰，那時請了穿整套短裙制服的孝女白琴隊，濃妝冶豔，其實都沒比她們大幾歲，各自擺弄、懷抱著閃亮的薩克斯風、小喇叭等黃銅燦亮但仔細看刮痕極多的樂器，高幫白球鞋濺滿黃泥，一隊倉皇的少女戰士。

月榮洗青江菜的時候心裡咯噔了一下，後悔，剛剛要是狠下心買那種進口極貴的 baby

菠菜就好了。這菜會被孩子 diss。

跑了趟超市才去幼兒園接回來的孩子，此時在起居室鋪的軟墊上悄悄走來走去，出神又小心翼翼地努著腳趾，著迷於感知與心象的世界，隔著流理臺看去剛好一目瞭然，她沒出聲打擾、只是不時投予凝望。

雖然她常氣急敗壞地要孩子洗了手就趕快把水龍頭關掉、不要光看著乾淨的水不斷流走，又總是把沿路撿石子的小孩趕回家，但偶然瞥見孩子將嘴鼻貼在雨水綿延的玻璃窗上發呆，或伏在草坪上看螞蟻，她也會靜靜地守在一旁，任由小孩去汲取創造世界的史料。

將汆燙去血水的排骨撈起來，另熬一小鍋排骨湯，湯沸了又沸時，就著熱湯灼熟一把洗淨的青江菜，撈出來拌過麻油，再將解凍的蝦跟蔥薑蒜一起悶熟，兩菜一湯，等電子鍋開始唱歌，就能吃飯了。

孩子喜歡蝦，一見到蝦，其他飯菜都不肯動。

說青江菜「有綠色的味道」，還說排骨湯「很辣」。

當然不辣，只是三歲兒編不出更巧妙的謊。她幫著剝蝦，一口氣整盤蝦殼都剝了出來，也剝了一份給陳百洲。心想，等孩子再大一點，像她這樣的職業婦女也不必硬撐在廚房做飯，大家一起吃點外頭的餛飩麵炸雞薯條什麼的，又有什麼關係。

這天百洲比平時早下班，回家坐定時，恰好是晚上七點半，孩子已吃得耐性盡失，吵著要從兒童餐椅上下來。月榮把孩子帶到浴室上馬桶，放水給他洗澡，百洲也已經吃飽了，起來跟孩子玩水。她才能回到餐桌上，吃冷去的飯菜配個手機，隨手還把桌上碗盤收拾一下。

沒想到客戶在Line群組裡又發了訊，催著修件，只給了訂金，劇本剛出來就吵著要修，斷斷續續竟修了十個月。她憋著氣點出訊息來看完了，心裡一窩火。

「公司上下都期待大家能發揮創意，玩出各種可能……」

她氣得頭皮一炸。

「我去刷牙了！」小孩自己說著奔去洗手間，被百洲一把撈住。

「喝完牛奶再刷牙！」

月榮看孩子碗裡的排骨湯泡飯也沒什麼吃，端來三口兩口扒完了。百洲在起居間督促小孩喝奶。至今都不肯用杯子喝，要沖在奶瓶裡面才喝，看他喝奶時臉色分外老成得意，湊啤酒瓶似的，接著又被百洲盯著刷牙，然後去房裡躺好睡覺。

等百洲哄睡小孩出來，月榮還賴在餐桌前，抓著手機不知忙什麼。她面前的髒碗盤已經疊好，桌子也擦了，抹布還在手邊。

「東東這幾個月都沒長。」

「嗯。」月榮正在跟去年離職的前同事Amy大段打字，就是被那訊息氣得，非得跟知情的人講一頓。

「他在幼稚園什麼都吃，回家什麼都不吃。」

「嗯。」

見月榮盯著手機不放，百洲悄悄去冰箱找罐啤酒來喝，拉環「啵」地一聲，月榮立刻抬頭看他，百洲沒來得及替自己辯解兩句，就聽見她說：「我也要。」

百洲很識相地把手上已經開好的那罐給月榮奉上，自己另取一罐，默默去旁邊開電視。電影臺又在播舊港片。

「丁先生、我最後一個願望就是、幫我好好照顧如夢……」

二十幾年前的電影，光聽那熟習的華語配音心裡就一陣適意，放鬆地沉進沙發休息。

Amy正在新加坡出差，她們同年，但Amy兩個小孩都上國中了，比她老成得多。月榮跟她訴苦，說這案子還沒結，Amy傳了語音訊息來，月榮不習慣用語音，把耳機戴上聽，自己還是打字。都晚上九點了，不知她人在哪裡，背景有點吵。

「就直接請款，叫客戶結案啦。全款打八折也可以。」

月榮嘆氣，副總哪捨得放棄，不時還要月榮去追進度，追什麼進度？案子沒動靜，若不是資金短缺，就是想另找別人。

她打字時想到，副總說了各種「要在工作裡學習」之類的空話，氣不打一處來，還有，客戶那邊的窗口那種高姿態也教人火大，「我們公司對工作要求門檻特別高」什麼的。

「哈哈哈沒錢結案的人門檻都特別高。」

Amy大笑，月榮也笑了，卻是苦笑，被這種沒能耐的客戶坑，更顯得自己窩囊，業績這麼差，好幾個月來她都只領本薪跟微薄的加給而已，手頭很緊。

「再去做政府標案吧。」Amy的聲音滿滿的同情，一定也知道她為錢煩惱。「不要氣了，寫那些屁信，講那些空話，都是彼此敷衍嘛。就當作在噓寒問暖，噓寒問暖誰不會……」

噓寒問暖。

碗盤洗了，蝦殼廚餘都放進冷凍抽屜，但是不論她手邊在做什麼，一直到洗澡上床，她動不動就想起這四個字。噓寒問暖，世界是這樣運作的，百分之二十的真材實料，百分之八十的噓寒問暖，表面上過得去就好了。

「東東這幾個月有沒有長？」睡前，百洲又問。

「醫生說不必擔心。」醫生大概被家長問煩了，一提到身高體重就說看曲線看曲線，沒低於百分之三都沒問題。東東的生長曲線其實還在百分之五，雖然她總覺得那份生長曲線圖早已不適用，今日臺灣小孩的平均數字肯定不是這樣。

「妳就是替他吃剩飯才有這個肚子。」百洲隔著被子摟住她腰腹部，月榮裹在被子裡的下身還真像蟻后般胖大滾圓，她哼哼一聲：

「還不都是你！」

百洲就從來不吃剩飯。

Amy說得有道理。業績雖然沒辦法提升，但只要心裡能夠認賠，就不必再看對方臉色了。雖然對方還時不時有傳訊來說，公司開會決議要怎麼修改（可笑的是還常常推翻早期的意見），她一般都按捺個十到十二個小時，才回一句：「目前就請你們先走合約囉，相關付款事宜寫得很清楚喔。」

或回：「等款項收到後再統合大家的意見好嗎？感恩。」

公司只有一組攝影設計，是公司投資最多也最怕浪費時間的部門，前期都沒付清的客戶，誰要花時間跟他們開會？

她就這樣不鹹不淡地回了幾次，果然那邊就不來煩她了。

他們跑去找副總理論。

副總也說了月榮一頓，這樣應對業務，是不是太草率？

是喔。

她自知沒能做到如春風拂面，薪水太低的關係，薪水若是能提個三成，服務品質自然會再好些。

其實副總也開始有點急了，月榮現在只專心忙公家機關的標案送件，都是好幾個月後才知道結果的，眼看這一季肯定是不會有業績了，副總就開始找她碎唸另一些空話，譬如「為什麼當初都沒照合約走」、「差不多也應該結案了」等等。她打卡下班時只恨不得能插翅飛走，一飛飛到超市去。

在超市裡刷卡最過癮了。每樣東西都那麼好，不能帶回家，也能看看，她用崇敬的眼神看五花八門的罐頭，小山般的蔬菜水果，還有各式肉品，這是以前跟母親上菜場，媽媽快步經過時會默唸佛號的項目，現在都還有點違禁的刺激感，透明膠膜在黑色塑膠盤上勒起凸凝的肋眼肉，血丘肉壑，像蠟像館裡的作品。

不知道這一區雞豬牛羊肉，能不能跟附近的器官重組成一副副肢體？

看來不行，就像那一個個秤砣狀的小小的雞心吧，五百公克一包，要跟這些雞翅雞腿搭配的話、配完定會短少，缺了腔子的心，嘰嘰喳喳地擠在一起，她都好想知道他們會聊什麼了。

那天她買了雞心、海帶、蘿蔔回家，配上八角、月桂、醬油咕嘟咕嘟燉了一小鍋，東東竟然吃了好多，還扒完一碗飯，心臟的腔室浸著滷汁，小孩用手捏著放到嘴裡。

這次意外的成功激起她的鬥志。孩子的好惡就是這麼說不定，不試一試永遠不知道他吃不吃。

接下來小半個月，她陸陸續續拿下了幾個堡壘，譬如腐皮卷、譬如酸菜牛肉。常常說「討厭豆腐」、「討厭菜菜」的小孩，津津有味地吃腐皮捲。

矜貴的有機腐皮，裡頭捲的紅蘿蔔、豆芽菜、香芹，也是她手切細絲起鍋調味的。酸菜牛肉，是用菲力切薄片，醃了蛋清太白粉，才跟酸菜炒得噴香。

最大失所望的是：蒸了牛奶布丁卻不肯吃，雖加了密封空運的真香草夾，東東還說有雞蛋味。銅鍋煎的玉子燒也不肯碰，全被百洲吃掉。

然而她逐日變著花樣做菜，到底勾起了東東的興趣，每晚月榮提著大包小包去接孩子，東東便會眼睛一亮，問今天晚上吃什麼，原本沒什麼口欲的孩子，終於開竅了。

東東體重稍一上揚，小肚子馬上見圓，聯絡簿也提到了：「這個月的身高體重，東東都有進步噢。另附上月費袋（笑臉）。」

月榮捏著提款卡去提錢，她郵局裡有張未滿期的儲蓄保單，在櫃檯辦了保單借款，拿卡片就能借錢出來，雖說自己跟自己借錢還要繳利息很奇怪，但要不是有這張保單在，好幾次捉襟見肘的時候，她都不知道怎麼度過。感謝老天，只要小心不用現金。刷卡還能暫時撐兩週，賬單來的時候薪水也來了。

每個月的家用永遠超支了下個月甚至下下個月的錢。萬不得已時，用保單借款填上，等到退稅來了再補回去，等獎金來了再補回去，等到拿了年終再補回去……。

即便如此，她不後悔懷東東時去做了高價的產前掃描，做了不抽羊水的基因晶片血檢，當時花掉的存款在產後也沒能存回來。

哪能呢？兜著懷裡的嬰兒又沒辦法工作。

產檢時醫生給她一本小冊，她的年齡區段被分在警示區，在警示區紅橙黃三種光譜中，百分之幾的風險裡，又伸出樹狀圖，將孩子有可能碰上的不同先天性問題細分成十餘種千分之一、二的風險，孕期中她常翻來覆去看那本冊子裡的迷途的孕婦，看自己到底從哪一階走到哪一階了，因為好像生過孩子的人（包括她妹妹）都不鼓勵她太深入去設想那樹狀圖的末梢結出了什麼苦果，個個都跟她說：「聽產檢醫生的就好了啦。」

她那時每天在網路上看孕產婦的分享，越看越覺得不去做那些名目繁多的檢查，就像沒替肚子裡的寶寶著想似的。

臨盆前，又更多可以害怕的事了，怕羊水栓塞、怕胎盤剝離，也不是怕死，是怕沒有一起死，百洲說她是產前憂鬱，她倒不覺得，她還更正向了。

出門看見每個人，都不免吃驚地對自己說，天啊，這樣兇惡的人也曾在母親的肚裡待過、那樣驕橫的人也曾在母親的肚裡待過……當然了，他們都還曾經是脆弱的嬰兒呢。

後來，她有機會以媽媽前輩的資格講話了，卻也是遲疑半天，才說：「聽產檢醫生的就好了啦。」

可是懷著頭胎的年輕女人自然聽不進去。

只見備孕的跟剛懷上的女人在餐桌一角熱烈討論，一定要自然產，剖腹是下下策，做媽媽的要挺住、要運動，當然，一定要餵母奶，沒母奶喝的孩子多可憐，不能自私！還有溫柔生產，有人說要待在家裡等陣痛，再請助產士來家裡接生就好了，這才是最溫柔的環境。接著熱烈討論要價高昂的水中生產，一次只有一組產婦跟家人可以使用的生產設備，還有全程拍攝，孩子一出世就會游泳，好美、好動人。

印象裡是一個公司聚餐吧，她剛休完育嬰假，想起在托嬰中心的孩子，胸口緊繃又淋漓，前襟溼了一片，跟同事又不熟，也不想聊什麼媽媽經。

當初她也什麼都聽不進去嘛。

Amy 最誇張，什麼都忘了。

問她生孩子痛不痛，她說忘了。

餵奶粉還是餵母奶？

「大概都有吧？反正有長大就好。」

那妳兩個孩子到底怎麼養的？

「不記得了啊。」

Amy說只記得每次去接小孩都是下班奔過去，好趕好趕，小同學們都被接走了，一大一小兩孩子在托兒所翹首苦盼，踮著腳從圍欄裡遠遠看到她在停摩托車，就歡喜地叫著媽媽、媽媽。

東東的幼兒園是他們在住家附近找了好久才決定下來的，當初還有考慮過百洲公司附近，但他下班時間不固定，要是來不及接回，月榮就得跨過兩個行政區去接孩子。月榮公司附近的幼兒園則是貴得完全不必考慮，那地段本來就特別貴。

其實，連他們住家附近稍有規模的私幼也不便宜，還要提早一兩年登記排隊。至於收費過於便宜的，若不是有明顯的缺點，就是安排語焉不詳的天使課程（？）教人心生疑惑。

公幼沒抽到，東東排上了巷口的私幼，學費只比他們設定的上限高了一咪咪。兩人滿懷僥倖地把孩子送去上學後，心上的大石頭立刻換到肩上，為了學費，還想撙節點，但是現下生活已經很節約了，也沒什麼能省的。

百洲剛認識她時，曾經為難地問：「妳是沒換衣服還是每件衣服都長一樣？」她有點惱又有點好笑，這男的怎麼好意思問人家有沒有換衣服。

父親退休後主掌家計，眼看他時常胡亂添購東西，購買的量也不節制，吃不完扔棄的食品水果不計其數，老家堆滿了沒開封的新家電，只用一次就再也洗不乾淨的鬆餅機、蔬果乾燥機（竟拿來做肉乾，不知媽媽是怎麼忍下來的）、蔬果慢磨榨汁機（製造養生備品），不一而足。

大學時，難得搭火車回家過週末，短短六日兩天，餐餐有蝦，連鍾愛海鮮的妹妹都吃怕了。

上次清明節妹妹跟她相約去靈骨塔看爸媽，還在聊當時清運的卡車到底來了幾趟。她憑著印象算了下，來了兩輛卡車，一大一小，來回運了六趟吧。

妹妹嫌她誇張。

「最多三趟啦。」

當年目睹老家上上下下充斥雜物的景象，兩姊妹都大受震撼。妹妹不久便辦妥離婚，帶兩個女兒回老家開了一家小店，日日窗明几淨。她則是三天兩頭就在屋裡搜羅可以丟的東西，每個月要丟好幾次才安心。丟著丟著也就不太想買東西了，買的時候就先想到要怎麼丟，物欲生而復滅。

「有個提案滿有意思的，可以發展。」

那天副總一進公司就找她開會，月榮耐心聽他吹噓半天，才知道是他熟人的孩子，叫通尼。

提案的內容他也不清楚，只是反覆說人家在美國長大的，想法就是新穎。

又給了她聯絡方式要她去約人。

月榮還是很給面子的，馬上發了一通電郵給對方。

那個年輕男人很積極，說隨時都可以碰面，隔天就跑來公司，他身上沒有副總幻想中勾勒的什麼美國長大紐約客的特殊氣味，華語也講得很好，可能不到三十歲，先跟她聊了一些創作的初衷，說現代人都用平板、3C產品在養孩子，小孩對自然的體驗反而是最珍貴、最不易取得的，歐洲的富豪都是讓小孩去體驗真實的生活，不讓他們用手機網路，才能返璞歸真等等。

然後說他帶了一段片子來，說這會是各種頂級體驗平民化的關鍵，於是兩人在公司的施作室，同時用了兩套設備看。

看完月榮幾乎說不出話來。

「太美了。」

「你們的設備很高階。」他加了一句，「至少在臺灣是頂級的了。」

月榮看著通尼，不知怎麼跟他說，這東西值很多錢，他們買不起，乾脆先問他開價多少。

通尼隨口說了一個數字。

她有心理準備，沒被嚇到。這片子自然該去更高檔的地方。

「你還是找個經紀人幫你賣片吧。」

「謝謝。」通尼也沒露出失望的神色，兩人都還在剛看完ＶＲ的暈眩與震撼中，言談行動顯得有些機械化。通尼跟剛剛放片時一樣，很謹慎地把手提電腦的連接線拆了，簡單道謝後就走了。月榮回到自己的辦公室隔間，心裡還一陣一陣地湧動著。

通尼起初講那些貴族兒童才有機會享有的生命經驗、最細緻的視覺觀察等等，聽起來很虛浮，可一旦得到此片的佐證，就顯得一點也沒經過文飾，即使只支援了聲音與視覺，這段十分鐘都不到的影像幾乎能把人帶到化外之地，甚至教人懷疑是喚出靈魂深處的風景，裡頭有隨時間結花著果最後壓低枝頭的黃杏，一地鬆厚可枕的松針，還有蒙古的馬群在打霜的綠草上嘶出白霧，燒麥稈時，在烈日下煥發金光的焰火，四處流淌透明的液體，棉白色的煙在青空中如游龍杳去。

還有雨，那棵在雨中沁淚的柳樹長久地在她心中搖曳。

太驚人了，胸口似乎阻著什麼發熱之物，慢慢地在燃燒，這不僅是奇觀，也是既視，就像夢的驗證、虛構的回憶，以至於激情，對了，這些素材裡有很強烈的激情。

「怎麼樣？提案怎麼樣？」副總下午才進公司，聽說通尼來過了，一副痛惜錯過的樣子。

她把實情講了，東西太好了，不是他們能接手的。

副總得意洋洋，不知情的人恐怕會以為通尼是他親生的，又開始講廢話。說可以請通尼來公司當攝影導演或是影像顧問，說得意氣風發，好像自己還是公司老闆，其實他只是那種富二代被騙來燒錢的人，初期投資買了很多設備，後來公司又被家裡人出錢收購了，現在掛了副總的頭銜，只煩得動月榮。月榮就這麼似笑非笑地聽著副總的長篇獨白，剛好她也能沉澱沉澱，滿有些回到塵世的感覺。

貴族的體驗怎麼可能平民化？誰家的家庭娛樂能有施作室這一套設備，恐怕也有私人噴射機可以直飛天涯海角了。副總毫無建設性的即興演講幫她逃出遠古的回憶，與其把通尼或副總的話當真，不如思考一下今晚要煮什麼好。

看月榮燒菜越來越大手筆，百洲忍不住問她家用夠嗎。

家用是月初從兩人薪水裡各扣出來，由月榮打理。幼稚園月費、水電瓦斯都是每月不能落下的，還要應付一家三口的菜錢、孩子的奶粉、冰箱裡的酒水等等。百洲另外付房貸車貸。

家用當然不夠，尤其碰上每年繳保費的時候，挖東牆補西牆，每個月都夠驚險的。但每天一離開公司，她還是飛蛾撲火地去買菜。

「這是鴨子媽媽、這是小鴨子。」東東洗澡時抓著漂浮的塑膠黃鴨，然後擁進懷裡說：「他們都是我的北鼻！」

下一秒又說：「媽媽，我烤鴨子給妳吃。」

於是母子倆在浴缸旁把塑膠鴨子捧到嘴邊，大口張闔，啊姆啊姆。

月榮的母親突然對殺生充滿驚恐，是滿三十歲那一年。

據說母親一向也沒表現出宗教上的傾向，兩姊妹在阿嬤家長到三、四歲，照母親當年的說法是「總算有個人樣了」，才接回臺北。母親離職做了家庭主婦，自詡為教育媽媽，給她們認字塊，學算數與英文，總說月榮五歲零兩個月，就認得幾百個英文單字。當時教育體系嚴禁資優班，於是私校巧立名目，兩姊妹入學時都進了美術資優班，畫素描跟水彩，還考智力測驗。

測驗卷上都是媽媽天天給的方格、點點與圈圈，她閉著眼睛都能完卷。

然而另一方面，家庭生活上卻冒出林林總總的問題，譬如母親上菜場買不了生肉和魚蝦，市場裡片成兩扇的豬體、笑咪咪的豬臉連著肉皮，也把她嚇壞了。

月榮跟妹妹稍大後，常被母親洗腦殺生果報之事，倒更堅定了絕不入教的志氣，即使直到國三，兩人的寒暑假都要去道場讀書，幸好她們是兩個人，在火車站一個很羞慚的轉角，牆上貼一大幅林木垂拱環繞寶殿的空拍圖，地磚上貼著道場專車的上車箭頭。

他們這一站，最多的時候有七八個學生等專車，最少的時候只有她們兩人，妹妹說這就是哈利波特的九又四分之三月臺，說的也是，寒暑假中，陌路人來來往往，根本看不見有教團的專車在接送學生。

人人活在斜角巷。

月榮就一直假裝沒看見路口免費發放的生命之愛小冊子、牙醫診所跑馬燈摘用的《聖經》句子、里長門口貼的靜思語。最教她恐懼的還是那種在捷運門口擺小攤子，堅稱學校正在教小朋友同性性交的愛家男女。

超市買的全雞首爪俱全，沒辦法不要。雞鴨總有半睜半閉的眼睛，她燉湯時會把頭部跟腳爪藏在鍋底，雖然最後也是沒有吃就放入廚餘桶，但買回來後若不加以烹調，竟有些過意不去。

她會將雞腿剁下、去骨、與醬料拌勻，雙手在浸了醬料的腿肉裡，徐徐地搓揉、按摩，也曾經是有靈駐蹕的軀殼，將再一次滋養肉身。

文蛤吐沙是少數會讓她心疼的時候，一公升的水兌上三十克的鹽，比例最接近海水，從冷藏的真空包把緊閉的文蛤放出來，浸在鹽水裡。一、兩個小時以後，開始吐沙了，梟梟從鹽水底下升起的黏唾如舉炊煙，探出雪白斧足的蛤很天真地在一鍋鹽水裡甦醒。不知為什麼叫文蛤，但的確覺得牠們很文氣、老實，兩扇面有黑灰白棕褐等顏色，貝緣起著一些圈圈，不張嘴時脹鼓飽滿、栗子似的，又像女人用的小錢包。

不管煮什麼湯，加了文蛤都會特別鮮美，湯小滾的時候，將吐過沙毫無防備的蛤放進滾湯裡，貝殼相擊叮叮噹噹地，然後將鍋蓋蓋起來，不久鍋中開始傳來砰砰聲，就可以把火關了，喝上一碗，就像把自己心裡的海也再次交了出來。

即使她開始小心翼翼，會提早一天將凍蝦移到冷藏室，不再倉促地讓凍蝦在流水中解凍，但東東已經發現蝦雖好吃，卻還有更好吃的蝦。她想辦法在不同的超市買更新鮮的蝦，可是刷卡能買到的東西就是有限，又沒辦法上真正的菜市場，沒錢也沒時間。

最近東東不時想起來，會突然氣急敗壞，說要吃最好吃的蝦，她只能別過頭裝作沒聽到，最好吃的蝦是青鋼色，下鍋前還在水槽裡往外蹦躍，Amy出差回來請她吃飯，她帶著東東一起去，吃得好開心。

兩人聊著聊著，月榮就想起說，最近看了很棒的素材。「也不是什麼火山爆發還是海底世界，就是一些麥田、樹、馬、天候變化……」

沒想到Amy一連聲說：「我知道我知道，那是假的！」

假的？

「也不能說是假的，應該說是贓物。」

看月榮瞪大眼，Amy說：「不是最近的事，好像有一兩年了，有家丹麥公司雇了一組人到中蒙邊界拍攝，不知道是沒有打點好還是被人坑了。有人直接被遣返，有些關了幾個月，只有拿臺灣護照的那個人沒回來。」

月榮一怔：「誰拿臺灣護照？」

「就是說啊，誰知道到底有沒有這個人啊。」Amy又說，「後來有些被侵占的設備跟拍出來的素材就流到市面上了。陸續有人買，結果都被丹麥那家公司告了，錢也花了，影片又不能用。」

月榮聽得一愣一愣，Amy輕巧吞了一小杯獺祭：「聽起來像都市傳說吧？」

「妳看過那些片子嗎？」月榮半晌才問。

「沒有。而且聽說設備不好的話看起來也沒什麼。」

設備好的話會看掉你的魂啊。月榮呑聲。

Amy還說她們倆都合作過的一家動畫公司，現在已經發不出錢來了，承包的案子潦草四散不了了之，之前合作過的廠商大概都分到了一點案子。她們兩個都是經過手繪原畫轉電繪3D的衝擊，在數位繪圖班上認識的，當時在那公司接案已經是做到最低的價錢，恍如隔世。

但恨還是恨，經久不壞，依然新鮮。

「最討厭以前那個經理，說什麼給小孩看的卡通而已，預備跟緩衝根本不重要，嘔死我了！毫無品味。」

「每次都說要求不多，要順就好，無不無知？」

「就是，預備跟緩衝也不懂，還順什麼順。」

其實回想起來就冒冷汗，當時她好絕望，租住的小隔間只有個通氣窗，她私自把房東提供的桌子當作椅子坐，把通氣窗卸下來，在窗臺上釘了一塊厚板當桌面，坐在那，時不時就凝望底下，隔壁棟的天臺上，時常有新的、掉下去的東西，雨天時溼軟黝黑的襪子、簿本，晴天就晒成了靜物畫。

「表定要交的東西他盯得超緊，匯款的時候就叫我們去領支票，日期越壓越後面。」

Amy聳肩縮脖子作驚寒貌，「幸好我們都逃出來了。」

「真懷疑怎麼他們現在才倒？」

「聽說那爛經理還安全下樁，全身而退。」

「沒天理。」

超沒天理的。

母親病逝之前就自殺了。

很難相信在生活中最忌諱生死的她會這麼做，她病後在人前一直表現得那麼矜持，好像身上的病是新近豢養的小動物，談起來滿心憐愛，如數家珍。

配合勘驗後，他們很快就辦了喪禮。

一年後是父親走了，攝護腺癌才確診就走了。當時臥室已經堆雜物堆到沒辦法使用，父親睡在客廳沙發上，抱著十幾個保溫杯過活，不同大小、款式，有買的，有送的。吃飯也用寬口保溫杯在吃。她們姊妹約好，一起帶爸爸去聽術前說明，三人聽完回到老家，頻頻被醫生稱讚還很年輕的父親，說要先躺一下，就這樣過去了。

那天月榮在夢裡對著家裡的鏡子洗漱，從鏡子裡瞥見正在上吊的媽媽，月榮尖叫一聲，奔去把母親解下來，母親沒有死，甦醒過來。月榮淚流滿面，說媽媽對不起、媽媽對不起……她打從心底知道母親有多想死，但不得不救她。

鬧鐘響了，她還停留在哭泣的抽搐裡，雙手震顫。可見的確是醒了，十年了。

百洲一直睡到她跟孩子都穿戴好，母子兩人走到公寓門口，正要關門時，才糊裡糊塗地起來開燈如廁，東東聞聲立刻放開她的手，跑去跟敞著門撒尿的爸爸聊天，月榮僵立在鐵門後，看著百洲與東東，卻不敢靠近他們，彷彿自己的家、有她父母親的那個，就在她身後擲出長長的暗影，太靠近就會傷及無辜。

到了公司，她還沒好起來。每個人看起來都陰陽怪氣，她也不怪別人，最大的可能就是她自己陰陽怪氣。她把自己關在辦公室歸檔，不時按F5重新整理網頁，之前她製作的科學小短片明明很受好評的，政府的補助名單也該出來了。患得患失，不如想想晚上要吃什麼……等等，昨晚吃了什麼呢？

總經理打電話叫她去一趟。

「妳知道副總已經幾天沒進公司了嗎？」

這種不是問題的問題，連國小五年級的學生都懂得避開。

她沒說話。

「他買了一套素材你知道嗎？」

月榮眼前閃過那條森林裡的小徑，鬆厚可枕的松針……

總經理還在說副總冒用了他的名義，會計一時不察，開了公司的支票，一張一百二十萬的支票，還有張兩百萬的，這是偽造文書……

最後他疾言厲色：「妳跟這件事有沒有關係？」

「我什麼都不知道。」

總經理換了一個口氣：「好，我相信妳。但是發生這種事以後，你們這個部門要怎麼辦？一下子虧空了三百多萬，只能裁掉這個部門了。」

「副總偽造文書，跟部門沒關係。」她聲音很小。

總經理一聽就炸了：「那套素材就是你們部門買的！那就是你們虧空！」

她聲音依然很小：「那素材在哪裡？」

「誰知道！」

月榮突然地走了，就像被他的吼聲颳了出去，她穿過走廊側身跑進副總的辦公室，裡頭早已被翻過一場，她轉頭又找施作室的鑰匙，放鑰匙的抽屜多了一張記憶卡，她也拿了，飛跑著去施作室，先找穿戴設備，東西都在，也好，沒被盜賣。難怪今早公司每個人看起來都不對，沒人先知會她，從育嬰假復職以後她就一直在副總手邊，一下班就奔去接孩子，誰也不認識。

她把門反鎖上，開了設備，把記憶卡嵌進讀卡機裡面。

機器讀卡，發出了輕微的嗡鳴聲，綠光在機器間閃動，施作室的門外逐漸擠滿了人，有人搥打著透明窗，嘴型開闔，在無聲的叫囂。

她迫不及待地戴上了頭套，不再理會。

謝芸

餐車終於撤退，機艙裡的冷空氣還混著餐點的辣味，用餐時出的汗現在也冰涼了，謝芸很睏倦，手裡捲著一份外文報紙，看星座運勢，她外文不太好，記得維納斯是金星，管愛情的，金星進了第二宮管財務的，愛碰上錢……想起錢她不免有些煩惱，哎，又有好多單字不認得。

夢鄉就在腳下，意識懸危。她還掛念著一旦入睡，眼裡的隱形眼鏡會乾掉，勉強在醒睡浮沉的水線上磕磕碰碰，下巴已經碰到昂貴亞麻套裝的翻領，莫名想起幼時常在野地找來玩的蟲子，纖細的她收攏自己，右肩點上臉頰、再往衣內潛去。就像隻蓑衣蟲吧。蓑衣蟲大了，就是那什麼吧。

接機的人她看著眼熟，尋思起來又似乎沒見過，跟她同輩人，不像在人家手底下做事的，許是受託來接。這也沒什麼。對方卻認得她，還叫她Sunny。

的確她在老闆身邊時用的名字是Sunny，十數年前的事，後來連老闆都只叫她謝芸了，這麼多年後竟還有旁雜人等來提點，錯愕後是不悅，她沉默著隨那人去取車，走出密閉有空調的室內，大塊空闊腴潤，連空氣都養人，呼吸間已是攝取了諸多維生素，渾身細胞雀躍，心火倒沒有滅，只是焰色轉綠，幽幽如鬼火，對這陌生人她起了憎意，自己開車門就坐了後座。

車離了機場徑直沿著海岸線開，她全神在看海，海天勻淨，波紋輕掀，岬岸邊上有座白色燈塔，遠看著就教人喜歡，胖墩墩的蹲踞岬上，車行近了，才知道原來塔身近看更巨大了，又高，非常厚實。

那人車速減慢，說，上去看看？

謝芸還沒作聲，車子已經靠邊停下，這人真是——

但她早已歡快地下了車，空著手什麼都沒拿，輕捷奔上階梯，海風將她周身衣袂托起，彷彿撲翅即飛，手腳自然舒伸，低跟鞋叩在石階上，每一步都是往上往上，探眼看，自己與海平面遠了點、又遠了點。

都忘了那人就在身後跟著。

風是東來西去，謝芸只覺自己的髮絲每一根都被吹散，彷彿向天上撒開的網，她胡亂抓攏著，喘息甫定，便扶著環形的觀測臺任天風撲打，人在高處，稍稍移動腳步就能縱覽全景，俯瞰附近的海與道路，遠處一輛廢棄的車上，竟有一隻隻橫披著羽毛完整的死鵝，有些大有些小，白羽毛，黃腳蹼。靛色的海岸，澄涼空闊的天，卻只有這處景象讓她沒法把眼睛轉開。

「很多年前我們見過的。」

謝芸一時收不回神，就任他在耳邊講話，繼續注目在那輛傾圮的貨卡上，那些帶羽的死禽，她心裡惘惘想著，很多年前是多少年？當時自己一定更年輕些，然而她年輕時也不討人喜歡，生硬如青實，過了好多年也沒改善，還因對方喊自己舊名就發火……絕景當前，煩難依舊，她傾聽波濤，重壓在心上的難題能否被海浪打散。

「還養狗嗎？」他又問。

謝芸心裡一動，這個人跟自己真是認識的。不由得回過頭，見他身長合度，眼眸明亮，絕沒有四十歲，又如此面熟，莫非是演員？海外的華人圈，可能有淡出的演員，偏偏想不起哪裡見過，只是相看儼然。

「這幾年常聽見妳消息，怎麼妳一直不來？」

一時有淚意淹上心頭，眼睛看不穿太多過去的雲霧，謝芸先是微笑，又是皺眉，眨去眼中的淚：「現在來了。」

她想盡力與他摟抱，直至周身疼痛，然而已經來不及了，她獨自從夢裡返航，睜開眼睛，飛機正要落地，那份報紙被她緊緊攢在胸前，她慢慢鬆開自己，他常說她，睡時像個蓑衣蟲。她知道蓑衣蟲不是好東西，不喜歡。

就是像嘛。他又說。

來接機的人她認得，老闆某任老婆的表弟，兩人離婚後還叫老闆表姊夫的，一直都在他身邊，當年跟她還算聊得來。

表弟與謝芸多年未見，上來就擁著謝芸單薄肩膀不放，下了力道，接著眼眶突紅，謝芸心知不妙，仍勉力裝作若無其事。

「表姊夫已經過身了。」

「怎麼會呢……」她機械式地應，「他明明……還邀我來。」其實他每年這個季節總會邀她，她歸之為客氣，這次她是迫不得已了。

「走吧，約了在銀行簽字。」表弟胖了不少，提著行李快走難免氣喘如牛，雖想壓低音量，卻像低吠：「這裡課稅很重，他給妳開了一個賬戶，妳來聲明是本人就行了。」

淚是熱的，但雙頰發冷，那人總算領她上燈塔看了一次海，給她看一次自己風華正茂的模樣。

「蓑衣蟲多討人厭。」

「可愛。」

「蓑衣蟲大了以後又變避債蛾。還不拖累你。」

「放心好吧。」

永遠不會的。他說。

彈珠、砂糖、閃電

佳茗第一次到那島上，從機場出來就是藍天、黃土地，蓊鬱掩映，搭車時遠遠看見樹頂邊上一色絢爛，計程車拐彎駛近，才見到滿坡鐵皮屋頂層疊從黃土裡長出來，土洞中的房舍只有半人高，色彩繽紛的是大綑電線圈、滿網袋壓扁的可樂罐。穿校服的孩子踢踩著鋁罐，不知是在做遊戲還是在幫手，男孩光著頭，女孩齊瀏海。

風裡有哨聲或笛音，嗶嗶、嗶嗶的響。

在新地方總是好過些，浮出的雜念少一點。

同時離開機場的乘客，有幾組扛攝影器材的人，稍一留心，果然也落腳同一個飯店。

一週的衝浪賽賽程訂在喀倫海灘，幾天下來，海況起伏無定，上午天氣晴好、長浪翻捲，下午浪頭就搖擺起來，賽事阻滯。評審看臺的ＤＪ輪換，偶然來的那個英國人John，在當地算得上小有名氣，從普吉電臺開車過來做節目，雖是洋人，不是泰國人偏愛的那種金髮俊眼，他身形壯實，也講泰國話，也晒過，偏是調和不了眼裡那點說不出的洋氣。

賽區在海上用浮標做了記號，大型音響對那片海成日播送歌曲，間雜英、泰雙語的大會報告。與當地電臺合辦的幾家公司，多以澳洲為根據地，主辦者是海上運動產品的龍頭。沿澳紐、印度尼西亞、中南半島而上，至日本為止，各地都有選手參賽，專業賽者有不同公司支持，衝浪板、泳衣到便鞋都是廠牌標記，壁壘分明，業餘組得負擔相當數目的參賽金額，但仍有不少外來的衝浪客臨時參賽。

新月狀的灣岸在肚腹積著細沙，沿沙灘更往北去，擱淺出芽的椰實零落成株，視線所及，海上還有島嶼，遙遙相望。

任一角度，都是風景明信片，人就像明信片上的人，衝浪的，吃冰淇淋的，遠遠的，小小的。

搭飛機來時，俯瞰的海上起伏如藍田，時有雲影。在海岸邊上見到的卻是海的橫顏，綠浪成列，幻象似的，若不走向那些厚實的浪，幾乎不能置信。

八個月前，佳茗在離住處最近的戶政事務所辦了離婚，離開櫃檯時，她攜著全新的戶口名簿與前往花蓮的行李乘電梯下樓，卻沒能隨人潮湧入捷運站搭車，她心中遲疑，腳步卻毫無停滯地帶著自己往窩著遊民與假玉攤的老街走，手裡拖著的帶輪行李箱，沿途不斷叩擊人行道上的地磚，看起來與那些同樣扶著旅行箱的遊客們沒有兩樣。過年在即，天氣雖不算冷，一路上，有不少穿著棉襖的女人與小孩，笑嘻嘻地，她擰緊自己，累得像是立刻要往後跌倒。

在回花蓮的列車上才想起自己已經長久沒有進食，眼簾闔上便自動播映前夫與外遇女友摟抱出遊的影像。前夫的外遇對象找上佳茗時，佳茗吃了一驚，回家見到當時的丈夫似乎與對方口中說的不像同一回事，她問他，你外遇了嗎？他倒和盤托出，說要離婚，並且當晚就拎著行李搬走了。

她無法禁止自己替這場鬧劇做各種旁白與剪輯，理智是根探針，戳入受傷又感染的意識裡，分不清哪些是健康的組織（幽默感），哪些是非剜除不可的敗壞（誕妄）。

佳茗後來在不用的抽屜裡翻見幾張丈夫寫的字條。

「我陳泰顯，沒陪碧過生日，送碧兩萬塊錢，下個月五號交給碧。」又一張，顛倒寫著，「我陳泰顯，一定叫腳臭的走。不會跟腳臭的講話。」佳茗多汗，腳臭，讀到這字條，只覺心裡窣窣作聲好像突然結凍又綻裂出冰紋，一瓣瓣都揭出血，木然想起最近已經替他墊了幾次車貸。

又一張，「我陳泰顯，跟公司聚餐沒有跟碧報備，一定帶碧去日本玩。」字條底下捺的都是拇指印，鮮紅鮮紅的，不知為什麼捺指印，難道有法律效力？

吃驚之餘她心裡琢磨，是經過如此如此嬌嗔牽纏，寫下誓約，又這般那般總算履行了承諾，而後他才把紙條取回了吧？

她從打擊中清醒了些，也同意離婚了。

因故碰面時，陳泰顯臉色總是很壞，看起來要死了，佳茗自覺也是要死的，抽空的沉默隆隆作響，似乎一點點動彈都會讓彼此立刻因臉上赤辣的疼痛剝碎成灰。

家鄉的海觸目清涼，深藍如緞，將她憤懣眷戀妒恨一氣吸光，即便只有那麼一瞬，忘記與他人的廝纏，只有海。

這裡的海卻有不同，明媚的海，日夜對佳茗低語，佳茗不聽。

島上的大飯店圈出私人海灘，小一點的飯店也有泳池，西洋人不分男女老少，浸浴在烈日下，臉上都是喜色，女的在小小的比基尼上搭著襯衫，舒伸著長腿，小鹿一樣輕捷，到處走去，男的袒著上身，不論肥瘦都自若。

亞洲客穿多了，配件也多，夏威夷衫、百慕達褲、大草帽、花裙子，當地人日常則穿夏布衣褲，長袖的。

佳茗戴的鴨舌帽捂著頭，熱極了，在這買了一頂寬簷大草帽，涼鞋在沙灘上走脫了繫帶，又買了海灘鞋，連身裙上加了薄外套，怕晒，防晒乳時時補，她手臂肩頸兩頰的皮膚在開賽當天就一口氣晒紅了，隔一天，皮膚熄燈般暗下來，比先前黝黑不少，幸虧沒晒傷。十幾歲時每每在暑假期間晒得跟木炭一樣，過一冬就回復過來，等入夏再晒，像餅乾出爐一樣酥脆，上色均勻。根本沒聽過防晒乳這件事，還以為只有電視裡面的洋人，才會做作地在海邊互相抹油。

這島上卻有人怎麼都晒不黑，膚色瓷白，像椰奶糕。

天氣雖熱，清風習習，室內冷氣永遠酷寒，佳茗寧可在室外用餐，還有海景看。飯菜除了酸辣解暑，各式蔬果也很對胃。人人都是過了中午就開始喝啤酒，直喝到夜裡。

她英文差，與當地或外地媒體同桌吃飯，根本應酬不了、吃力，自己都知道臉上一股寒氣，掃興。當地人英文也不見好，倒是熱情，談笑玩鬧起來都夠用，佳茗在旁喝著，就當自己害羞，害羞是真，更真的是，她這趟來才知道自己一點也沒見過世面，更害羞了。

這趟是相熟的朋友介紹的，有個衝浪品牌想在臺灣上一篇稿，開了機票住宿給雜誌社，不過只供旅費，回來就得交相片、交稿子，不給稿費。

想閒散些，賽程外卻飯局不斷。但換了時空，多少把煩惱擱到一旁。

離婚以來佳茗一直想重回工作，轉眼八個月過去了，家還沒搬，工作還沒著落，雖說替朋友寫些採訪，但寫得不好，就連這樣不好的稿子也得咬牙出門見人談話，百般掙扎才寫得出來，她有時發現自己是活在敵人的身體裡，自己要自己不好過，前夫（至今還不時冒出老公兩字）的外遇（第三者的名字任一字隨機出現、橫過眼簾就會令她驚跳起來），像開放性的傷口，不吃藥就不能入睡，幾乎過不下去。

卻又對自己冷笑，這樣慘痛，也不是為了愛。

都不知道愛是什麼。

只是時常突然傷心起來，夜裡在被子裡抽噎，涕淚縱橫，好訝異自己體內有那麼多液體，能突破她的意志不斷滲出。

選手與媒體都住同一個飯店，大會裡僅有的兩個臺灣選手，就是請佳茗採訪的企業資助者，一個十九歲男孩，看起來還更小一點。另一個年齡不詳的女選手，纖瘦健美，兩人都常參賽，在現場相當自如。

教她暗地著惱的是，她跟他們兩個怎麼說話都說不好。

衝浪選手和其他運動選手不同，或高或矮，或刺青滿身或一頭編髮，雖也是眼底精光凜凜，卻不比其他項目的運動員，一般運動員自小養成了精實的人生氣味，衝浪者是各有來歷。這兩位，說話一概含混其詞，聊什麼都找不到切入點，佳茗見多了不合作的受訪者，但這樣天天拘在一起的倒是第一次。

其實，業主也不過是要把他們兩個的訪問做好，多拍些照片，佳茗還由衷希望他們能贏個獎項回來，稿子才有亮點。

偏偏兩人都在第三天確定無法晉級，小男生賭氣地不知去哪混了一天。女選手拉下臉來與品牌副理Ann相商要臨時挑戰一個特別項目，這女選手不知為什麼很瞧不起未滿三十的Ann，背地裡叫她小公主小公主，也講給佳茗聽，佳茗不置一詞，實是與己無關。不過四個臺灣人就生出這樣多細故，怎能怪臺灣每天看起來都亂亂的。

佳茗有時自覺夾在中間顯得不便，就起身去買冷飲，在保麗龍箱裡挑根冰棒，酸裡酸甜，羅望子味，在海灘上邊走邊吃，羅望子樹上掛下的長型果實乾燥木訥，對生的羽狀葉風中搖曳，彷彿生出這些滋味都不是初衷，養出不肖子弟似的。

隔天有遊輪業主招待登船，John 偶然與佳茗坐在一處，佳茗跟他說點英語，John 也很親切，他乍見三十歲人，細看風霜些，輪廓英挺，說是三十六了，佳茗點頭，沒說自己也是三十六。

因久住當地，John 給她講了很多島上風光。遊輪開到小島吃中飯，小島灣岸淺淺，水光清碧，大船泊在浮橋上，要另搭木舟上岸，岸上開了烤架，吃BBQ和泰式沙拉，大家就著折疊桌坐野餐塑膠椅，男女服務生都穿一式罩衫來來去去，質地很輕盈。

買一件回去吧？她這樣問自己，才突然想到回程。

沒有哪裡是她非回去不可的，回去住在她按時交租的屋子裡，而且是個再也不能真心喜歡的屋子，屋裡會有什麼？筆電，筆電裡有什麼？上午才坐在房裡在筆電上寫就的散稿？

與她同桌的男性都是攝影師，半張桌子空出來擺隨身器材，才能坐下來吃飯。佳茗滿心浮沉著相互閃避的思緒，年過半百的澳洲業主 **Paul** 突然在她身邊坐下，以日語跟佳茗攀談，說自己兩任妻子都是日本人，還說：「日本女性相當吸引人。」

他說「相當」時的口氣肉欲非常，佳茗暗地倒抽一口涼氣，用日語稍稍解釋自己是臺灣人，**Paul** 喜不自勝，源源不絕奉上美酒，佳茗喝多了心硬起來，刻薄的微笑掛在臉上，冷眼打量他如巨大布偶裝的身軀，大尺寸Q版金毛娃，臉上一對呆滯的鑲藍眼睛，她不大回話，側頭微笑就是，自己卻跟自己耳語，腦袋裡有許多話說。

那雙眼睛還不如一對清涼的彈珠。

飲酒時佳茗一直想著小時候的玻璃彈珠，握在手裡有輕聲撞擊的脆響，個個都絕頂好看，寶藍、乳白，最喜歡的是透明彈珠裡有一扭轉的月紋，又像冰凝的閃電，起先都很稀罕，後來柑仔店竟一網袋一網袋的賣了，一袋五十塊。

Ann在另一桌跟泰國人馬用英語應酬談笑（她這幾天一直屈居下風），還不忘關照佳茗，覷空就對她瞪眼，是令佳茗別跟對方好上。

Ann跟佳茗在喀倫海灘對著長浪發呆擦防晒油時，進行了無數會話，Ann從小被父母送到加拿大跟兄姊同住，在紐約讀了研究所才回臺灣，家境殷實。她說她國小五年級時爸爸突然跑到班上接她（當年或是個臉圓的女孩），跟導師講了什麼，老師讓她收拾書包，向班上同學說再見。

「然後直接去機場噢。直接喔。」

咻一聲被送去正在下雪的城市。

佳茗總當她是孤零零的（跟自己一樣）。

Ann穿撒花連身褲裙，趿著自家品牌的涼鞋，不敵能在沙灘上蹬高跟鞋談笑的對頭（人家穿豹紋絲衫），倉皇找來，先跟Paul拉生意經，佳茗大致參與了一下，等可以抽身的時候就走開，她喝得腳步很輕快，盤算著還有三天，三天後先飛曼谷，轉回臺北。

水淺而涼，踏入椰樹下，沙灘上只有John摟著一個棕膚女孩吻著，佳茗腳下一個踉蹌，兩人聞聲見到佳茗，都熱情招手，只見那女孩雙眼燦燦，黑髮盤腰。

佳茗報以笑臉，沿著海灘慢慢走了，清風撲面，臉上還微熱。「彈珠」不知從哪個斜坡下來，肥厚巨掌兜住了她的肩，剛退燒的臉又熱起來，熱氣穿出胸口，竟也疼痛。

隔天晌午停賽時，佳茗照John日前的指點往高處走，腳下黃土嶙峋露出石礫，野徑兩旁芒草高過她，空氣乾暖，草葉噴香，偶有當地人騎摩托車從佳茗身後追上，又遠遠把她撇下，這樣上坡上坡，路上一轉，到了山崖，腳下數十公尺是軟沙淺海，細浪輕輕，有意無意地攀湧，無辜而歡愉。海島的空氣透明度高，白色泡沫的波紋在海底的沙上留著粼粼的影子，天上只有卷雲細細。

當地人喜歡的餐廳就在崖上，聽說大海嘯時海就湧到門口，這水線下的飯店餐館民家無分巨細，全被洗入海底。

門口停滿了土產的簡式摩托車，多是桃紅、碧綠色，裡頭很擠，她坐到吧檯尾端，菜牌上的列印照片顆粒粗糙，用手指指出人人熟知的幾道菜，點菜前先要了啤酒。啤酒一來，佳茗立刻喝掉半瓶解渴，店裡嘈嘈鬧鬧。

等她整瓶啤酒都喝光時，菜還沒來，旁邊那個低頭滑手機的年輕人突然對裡頭吆喝什麼，幾個人一起指著她，說話的人很多，反正她都聽不懂，有點茫然，菜一下上齊了，可已經來不及，空腹喝的啤酒都湧上來，世界光輝燦爛，彷彿過了稜光鏡，事物邊緣折射出光暈。

後來那年輕人跟她說什麼她都笑，手裡使著餐叉湯匙，裹粉炸酥的菜蔬海鮮在鮮辣的冷醬裡蘸過，入口後生酸辣涼又同時熱燙著，有些從未識得的食材，一一嘗過，都喜歡吃，酒勁來到最好的時候，年輕人端來吧檯上的一碗東西，要她抓一撮，她的手指探入碗中，捻一點撒在掌心端詳，棕色有蔗香，是砂糖，冷涼晶潤，顆粒微微，她舔食一點，舌上碎點如冰，很快化去，只是甘甜，男子笑起來，讓她把糖撒在熱菜裡，辣炒海鮮沾上糖粒，五味豔乍，她吃得嘴角微麻，連蟹螯一起吮淨。那男子給她看手機裡的相片，他在百里外的度假村做工，友伴都是年輕的男男女女，他說是回來看家人，很快要回外地工作。

又點了啤酒，兩人又喝，又點了菜。

他們比手畫腳，講上好半天話。工作場上，酒沒有少喝，該談該笑的時機都錯過了，此時卻開心得一塌糊塗。也不怪她，「砂糖」一雙眼睛好看，晒足的棕膚、鼓壯結實的肌肉，縱然是年輕（大學才畢業），又講著鼻音儂軟的泰語，卻很有男子氣。他叫I-nook，教她說泰國話。

I-nook騎摩托車載她下山，下坡時眼前的一路山徑，筆直竟似急奔入海，漫漫野草襯著崖下海藍、草尖上天藍，一氣收入眼底，突然教她滿心惆悵，多少年沒搭摩托車了，學生時代偶然給暗戀的男同學載，後來沒有了，想念起來像清淺的流水，從青春裡倖存下來，自己便是人證，情愛變遷，對婚姻她失望透頂，心裡洶湧的卻是衝著自己的惱怒責備，彷彿她有辦法避開這麼多不堪，是她行差踏錯，才落入這局面。

行差踏錯，佳茗閃神想起昨天她差點上了Paul的床，雖說是差點，也差得很遠，即便

Paul摟住她吻，即便那多毛肥闊的身軀，是堵肉牆，把四面八方的路都禁住了，佳茗被他的男用香水擾得頭痛，酒也難喝了起來，「彈珠」把她當作純情的東方國度拚死攻打，教她緊繃而疲倦。

婚前有段時間她常上夜店消遣，跟當晚認識的對象看對眼，睡了，這樣的事也不少，年輕時她一無所有，常常覺得心裡不安，夢見自己光著身子在路上走，這世界跟她之間沒有接點，沒法著力。

與人世光滑無涉，真是寂寞。

因此她把每個邂逅都當做轉機，每個讀女性雜誌自學的女子都知道，當個成功的女人，首先要對異性具備誘惑力，誘惑是什麼，不就是被人欲望嗎？

她也有她的欲望，太想要深刻地與人連結，睡過一晚，男的拎了幾個鼓脹熱騰的塑膠袋回來，糯米飯糰配冰奶茶，起司蛋餅配甜豆漿，或反過來，種種組合給她選。這樣甜蜜清新的開始，走到摔杯扔盤，相打相罵才算完。

她渴望誰來替她掘深生活，想跟這世界緊緊相繫，安穩下來。

一個人是離心的，往外甩，沒有錯，可是與另一個人綁在一起，卻是兩個一同被甩了出去，她本以為自己是例外，例外的自卑，例外的無靠，然而找了一個、又找一個……對方總也是某個例外，或是性格例外地彆扭，例外地小氣，例外地花心，或有例外專橫的雙親……。

沒有，她一直沒有找到她以為會找到的那扇門，還發現不受傷就無法與他人接合，可是她不是一向討厭讓自己難堪、討厭失面子嗎？

她的履歷不再單薄了，與世界的接點是各種刮傷，日漸粗礪，或說她發現自己終於被這個世界吸納、收編了……初出社會、來到臺北時，探出蛋殼、舉目所見都是一無回憶的新，在年輕的眼睛看來是種種生硬的風景，然而當她慢慢失去了它們，臉上這雙看不遠也看不近的眼睛，和收銀檯的數位掃描一樣，只看見各式價位，掂量著自己的荷包，在城市中，誰不是逛逛買買、逛逛買買，總覺得自己的價位也被人掂量著，她不大自在，然後，她習得了種種刁鑽的計價程式，一件件累進，把自己捺進各色模印，扣出各種形色。

有些印記，是她不喜歡的，但是後來卻又覺得很方便。

結婚時她在宴客儀式裡換了三套租來的禮服，送客時對所有人微笑，自覺成熟而豁達，反正誰也不會是她的那扇門。

酒席擺了十桌，為了回收之前送出的紅包，請夫家不熟的大學生表妹來當招待，紅包也分成新娘新郎兩份，各歸各的。沒人看好她的婚姻，同事同學們不是背後都說她，急吼吼隨便拉個人結婚。

過了三十三，其實她不急什麼，也不以為自己年紀老大，只是對某種狀態厭煩了，沒結婚的人，似乎一切都出於暫時，彷彿人生還不算開始，連一階都沒跨上，只是潛流淤在深潭裡打轉，旋磨淘底，無隙可出。

走得比較近的同事聽說她要嫁人，猶豫再三，才說，再挑挑吧。騎驢找馬吧。

這是體己話。

但佳茗知道，雖說騎驢找馬，對照起之前好沒道理的感情糾纏，自己都不知道究竟在尋覓什麼。

或許真有條件更好的男人，但與前夫同居後，她變得有點怕「找」這個字。跟前夫是在手機交友上認識的，才見過幾次，前夫就給她家裡鑰匙，一副成了定局的樣子。

她懷著疑心，檢視他不大出格的儉省，不大出格的懶，不大出格的三心二意，兩人就這麼延擱下來。她很有身不由己之感，大半是在恨他的心滿意足。她跟他找碴，他倒開心，以為終於找到和她相處的辦法。爭吵時，她哭，他也哭，卻是各流各的眼淚。

然而她不願回到原點，又是一個人，走在路上突地碰上什麼，死了、消失了也沒人知道。這種恐懼，每每讓她心臟緊縮得像只拳頭，卻又把這種感受認作生活的感受。她為自己擔憂，活與不活，不是有，便是沒有。跟了誰才能與世界緊緊相繫？她在自己心裡摸索那扇打不開的門，與人起了牽扯，都是從這些細微的摳傷來的，在心上結成繃緊的疤。

那麼，離婚也是應該的，從結識到婚嫁，不過是種種不甘心、嫌麻煩的小抉擇堆聚而成，不是苦到不能救贖，而是那點軟弱，一個人過日子的厭煩，都巴望能靠結婚排解了，以為還能掙扎出一些不同。真沒想到，一個不入心的人，還能這樣傷她。

摩托車沿著海旁的道路奔馳，佳茗下巴磕在 I-nook 的肩頭，時近黃昏，海色漫漫，黃昏的光如此祥和，熔金如湯。

賽事到了終局，天剛擦黑就在沙灘上舉行盛大餐會，佳茗一早邀 I-nook 來，因此在裝飾著鮮花的帳棚底下傻傻地找人，卻老是尋不見他，外燴很帶噱頭，現做各式菜色，酒類供應齊全，雞尾酒從吧檯流水架捧出來。

海灘上的照明是篝火與火把柱，照亮男男女女的面孔，I-nook 仍不見蹤影，想必是爽約了。佳茗喝了兩杯啤酒，想撒尿，女衝浪手指指海上，佳茗搖頭，她已經數十年沒在海裡撒尿了，女衝浪手笑著讓她往另一頭去，在賽區外，免得撞上夜間表演。

她先撞見Paul與某黑髮女子摟做一團，兩個腦袋緊貼，乍見令人大吃一驚，不知是人是鬼，奇生如妖魅。她驚魂甫定，已經來不及閃避，那兩人倒在深吻中各自展眼瞥著佳茗，也各自彷彿沒看見似的，佳茗本能地回身往淺海處走，就在海裡撒尿吧。

她沒跟其他人一樣穿著泳衣，紗麗底下穿的是棉布底褲，不能沾溼，得先除掉，回想起來，就是在她脫除內褲的時候，看見了小島對岸青紫色的閃電撒開一張電網，又一次次曝白，或有雷，此岸無風無雨，對岸卻暴露在雨中，看得見海浪拍擊，卻聽不見雷聲，閃電只是重複燃亮海平線上的天空。

盯著右側的海岸線，活在世上，即使身邊的人好夢酣眠，自己終是要一個人入睡。

二葉

電梯裡的男人走出來，他身上窄版白襯衫緊貼在腰腹上，二葉好想把他所有釦子都解開，摟著他的頸子輕輕舔吻，直到皮膚溼潤泛紅……這妄想一點也不擾人，隨著一蓬熱氣湧上，給她帶來真正的呼吸。

此時咖啡販賣機恰好「咚」地掉下一個紙杯，又依序注入奶水、濃縮咖啡、熱水。二葉再次抬起頭來，看他帶著一點輕拂的體溫、和風般從她面前擦過，淡藍色口罩，配上整潔的髮式，漆黑的眼睛，公司識別證，此外沒有很多線索或氣味，可說是無香型的男人。

但她喜歡，喜歡他肩膊恰好在她耳邊的高度。直到他離開大樓，二葉才取出咖啡，默默走進電梯間，給自己刷卡，按了公司樓層。突然聽見耳邊冒出一句：「誰不知道妳就是個綠茶婊。」語氣還帶笑。

當著樂泛總監的面，還有版權跟法務部的人在場，二葉臉皮麻麻的，這句話的後座力真強，隔了這麼久卻還刺辣得像一個巴掌刮在臉上。她小心握住了那杯混濁得像泥漿的熱摩卡，眼淚卻嘩嘩掉下。

對她說這話的人，是二葉手上唯有的大客戶，樂泛的蔣小姐。

三十上下的行銷經理蔣宜，心高氣傲，好鬥又愛挑釁，冷不防捅人一刀，還標榜自己是掏心掏肺，該受表揚。習於把人視為糞土，卻又喜歡自怨自艾，要旁人奉上關懷。

看人穿件名牌，她就問：「哪來的A貨好逼真噢。」看你喝杯星巴克，她就說：「薪水都拿去喝咖啡了吧？真不會想。」看不起的就往死裡踩，對高層就按性別年齡與身份放出相應的傻笑、微笑、羞笑，管理階層的一點點話風就能吹得她花枝亂顫。

這麼主流、這麼刻板、這麼歹戲拖棚，到底誰把她教養成這個樣子？莫非蔣宜在馬里蘭大學的碩論是「我就是我的肥皂劇」或「瓊瑤劇女主角的當代復活」？二葉效法卡通裡的小女警，一有機會，就專心在蔣宜身上找尋蛛絲馬跡，可惜一無所獲。

兩人地位是不對等的，他方是客戶，都是放預算的衣食父母、有錢爸媽，我方是接單業務，也就是活該捱打捱罵的拖油瓶。二葉在工作上看她臉色，也盡力把她伺候得很好，今天卻不知道從哪給了蔣宜靈感，對她冒出「綠茶婊」這話。

二葉當時嘿然一笑，不確定「綠茶婊」到底該作何解釋，只能一遍遍以疼痛反芻，彷彿在確認一根誤吞的魚刺，只知道它還卡在喉間上下不得。蔣宜卻似笑非笑地盯著她不放：「綠茶婊就是假甜美嘛。」驚人的惡意衝著二葉而來，她瞬間竟有點想吐。

是開會時她多說了些話，無意間搶了蔣宜的風頭？還是因為合約釋義後，二葉的公司占了上風，引發蔣宜的競爭意識？還是……

參不透其中玄機，就像被分手的人註定看不到戀情結束的徵兆，但結果都是一樣的，反正蔣宜愛說什麼就說什麼，二葉再不樂意也不會反駁。從樂泛回公司的路上，二葉逼自己吃了顆鎮靜劑。

其實，二葉很少被職場上的女性當作假想敵，雖然有人委婉地問過她是不是同性戀，但二葉把這看成某種幽微的溫柔，反正她絕口不談情史，不管是男朋友或女朋友。

起初組長也沒打算讓二葉去扛樂泛，只是帶她去會議上打雜罷了，剛開始氣氛就很緊張，因為蔣宜丟給二葉的蔑笑裡頭，夾雜的關鍵字是「笨」。

「笨哪。」

「笨喔。」

二葉還以為自己得了幻聽症。

二葉曾相信，職場上眾女又撕又掐的劇情，是創作出來的妄想。入職工作數年來，辦公室掀起口角、或誰誰負氣在茶水間摔東西的事當然都發生過。隔壁課的課長祕密跳槽前說要請客，一夜花光全處室的福利金，還偷偷換了安全密碼，害隔天所有人被鎖在門外，這種不下於電影橋段的事也發生過。

被主管講了兩句就當場掉淚的哭包同事一個接一個出現，有人結婚宴客時唯一沒露面沒給禮金的就是跟新娘口口聲聲互稱閨蜜的同事，公司小群組輪換瞬息萬變，二葉自以為看過不少大風大浪，可是，當面說對方笨，算是被禁止的吧？

等等，二葉突然想起國小時，班上的男同學曾拿她沒有爸爸這件事來取笑她，當時二葉也只是尋思，同學們怎麼會像連續劇裡的爛演員，誰付錢叫他們講這麼愚蠢的臺詞？

國一時班上一小群穿鋼圈胸罩的女生默默地被穿運動型胸罩的女生排擠，甚至不准她們取用營養午餐的甜點（只是小型食品工廠生產的布丁）……不久，全班女生都開始穿鋼圈胸罩了，不論是排擠人的還是被排擠的，沒人再提這回事，二葉卻一直記恨到現在。

愚蠢！愚蠢總是讓她感到無力又憤怒。

高中時代她讀女校，全班都以敢說髒話為榮，二葉不肯說，被班上的領導級人物堵在放學路上訓話，意指二葉是沒用的乖乖牌……女同學們聚在一起，屁啦媽的臭雞掰啦，什麼葷話都放膽說，算是種踰矩的刺激，其實她們每個也都清秀乾淨，只兜藏著一點惡意，一點點。二葉之所以不肯跟著講髒話，同樣有那麼一點惡意，要對那些傻頭傻腦逼全班同步行動的女孩做點反抗。

這種時候，每一次二葉都登出自己，疏離得像在看戲。因此滿身是刺的蔣宜，頭一次在業務會議後沒照慣例四處抱怨，碰上二葉這塊消音海綿，蔣宜的惡意跟情緒絲毫沒起作用，最嗜血的人也得意興闌珊。

組長大喜過望，一下子便決定把樂泛交給二葉。該說是一物剋一物，或是二葉自帶抗體呢？她的確有種跟虐待狂蔣宜不相上下的底氣，不管蔣宜是嫌她笨、暗示她不漂亮或挑剔她學歷，二葉都一笑置之，她很克制自己不要跟愚蠢起共鳴，反教蔣宜有點露怯，不知她一個二十七歲姿色普通的女子在踟什麼。

二葉到底在踟什麼？

她現在都不吃晚餐了，寧可吃顆藥上床睡覺。男友阿潤若是有空，會帶晚餐來，二葉並不挑食，有什麼就吃什麼，最要緊的是「吃」阿潤，常常阿潤還在嚼奇趣巧克力或鹹酥雞的時候，二葉早已扯開他衣服，對他親親摸摸捏捏。阿潤的話少，體味很淡，身體緊實有彈性，他勃起的表情格外令二葉意亂情迷。事後抽著菸時，他們才會聊下天，譬如阿潤會叫她別忘了吃飯，而二葉會趴在潤身上，跟他的雞雞講悄悄話。

「女生為什麼都那麼愛玩雞雞？」阿潤很受不了地問。

「我們又沒有這個！難得可以跟雞雞玩啊。」

阿潤哼了一聲，「男生都只有自己的雞雞，女生可以認識很多個。」

「你知道就好。」

阿潤一把拉過團在腳邊的毛巾被，將二葉跟自己汗溼的身體一同蓋好，二葉則窸窸窣窣跟他胯下淡紫色帶著露水的碩大果物吻別、說了晚安，才從被子裡鑽了出來。

看二葉一副大功告成的模樣，將散亂的黑髮摟到一邊，撲在枕上，阿潤心不在焉地替她撥了撥碎髮：「妳……最近沒有跟別人玩吧？」

「沒有啦。」二葉否認，「太累了。」真的太累了，睡眠像斷斷續續的電扇，也像百葉窗投下的長條形陰影，二葉在公司裡喝很多咖啡，回家就玩玩手遊，吃藥睡覺，若是阿潤有事不能陪她（跟朋友約、跟家人吃飯、有局等等）過週末時，她會躺在窗下，抱著遊戲機，甚至沒打開遊戲來玩，只是用腳趾拉拉窗簾，換一下風景，就這樣拉了一整天。

生活中的醒與睡之間其實沒什麼界限，她都這麼累了嘛。但阿潤的疑心並非毫無道理，二葉莫名奇妙的性欲總是搞砸一切，相愛至深的前女友離開她，說她是色情狂，二葉沒哭，她記得自己是氣壞了，氣得瑟瑟發抖。

跟二葉在一起久了，誰都會離開她去找最愛。因為二葉對伴侶除了色情之外毫無所求，對人生也沒有任何期待，久而久之，親密的人總覺得跟她很陌生，陌生人總覺得跟她很親密。

有個前任離開時，對她說：「我去散散心。」

此後，二葉跟交往的對象說好，以後提分手，說「散心」就可以。此後，不管是男朋友還是女朋友都散得很順利，此後二葉不再感到疼痛、怨懟、心碎，只是容易累，常常想睡，生活開著自動導航，有時也導到別人身邊，借別人的體溫暖一暖手，真的不行了，就散心去吧。

阿潤倒沒有答應她，阿潤說，分手就是分手，不可以被散心取代。他很嚴正地把規矩定好，不可以說謊，不可以隱瞞。「可以跟別人發生關係嗎？」可以，但必須採用安全性行為，並且在發生後立刻據實以告，兩人一起決定該怎麼辦。又或者，在跟第三者發生關係前，就先跟對方討論。

為何流淚？是鎮靜劑的副作用？

二葉試著啜一口咖啡，泥漿味。

她該不該傳訊給阿潤？

又該跟他說什麼呢？

「對不起，我很想做愛」？

二葉翻出外衣裡的手機，點出潤的Line，不知道該怎麼告訴他，跟他交往八個月以來非常開心，即使她從來不跟他出去？

叮咚一聲，電梯門開，她木然地走進辦公室，眼看在場的人神色各異，有驚惶、有竊喜、有佯作鎮定，二葉突然意識到自己滿臉是淚。她終於也變成在工作場合哭唧唧的哭包，要登上辦公室群組的八卦熱搜了。抬了抬下巴，二葉抹掉眼淚，回自己的辦公室隔間，繼續喝那杯機器沖的泥漿咖啡，她最愛看紙杯掉下來那個瞬間了，剛剛也沒錯過。

二葉喝著咖啡在電腦椅上轉了一圈又一圈，盡可能地把剛剛白襯衫男子帶給她的悸動重新在心底描畫一次，從筆電、盆栽、名片夾、鬼滅午睡枕轉到組長的臉。她一時沒煞住腳，多轉了半圈。

「樂泛那邊沒事吧？」組長問。

「沒事。」

哭包新聞果然一下子就傳開了。下次輪到她目擊別人當哭包的時候她一定要拍照，要錄影，要做一組動圖表情包。

「組長，我想去開發業務，最近都很少接新單了，我反省了一下。」二葉說。

組長看來有點茫然，好像不知道話題為什麼跳這麼遠。

「我現在就去客戶那邊拜訪，下班直接回去了。」

「噢、好、但是蔣小姐那邊……」

「蔣小姐今天心情不錯哦。」

二葉收整了提袋，哭包早退是應該的，說走就走。

她又搭了電梯往下，祈禱那顆小小的鎮靜劑趕快發生作用，她等著身體在奇怪的化學變化裡，突然煩惱全消，才能把蔣宜跟她的羞辱拋到腦後，把潤嚴肅又奇怪的溫柔拋在腦後。然後，她就去找那個穿白襯衫的男人，就算不是同一個人，也可能是另一個人，反正只要開上自動導航，她就會去找別人的體溫。

不過剛走出公司大樓，她就與潤碰個正著，她伸手摸摸他，這不是幻覺，只是他們很少在白天碰面，甚至很少在戶外見面。每次在外面走動，都是凌晨或是深夜，現在兩人站在一起，靠得那麼近，恍如隔世。潤是不穿白襯衫的，他夾克裡穿了一件很厚的芥末色帽T，她若穿了可以直接下樓買手搖飲的那種。

「你怎麼來了？」她根本不記得潤的班表。

潤給她看手機螢幕上Line的訊息，她發的，一整排的「散心散心散心散心散心」。二葉不可思議地翻出手機，她不記得自己發了訊息。

「沒事嗎？」

「想去找人上床了。」

潤握著她的手，好半晌沒有說話，最後才說：「還是去散心吧？」

二葉點點頭，手挽手走了很遠以後，才意識到他們真的把散心的意思改回來了，疼痛、怨懟、心碎，也都會跟著回來，不能用散心取代分手，不能用色情取代愛情，即使現在滿好的，未來該有多糟多糟啊……她忘了兩人牽著手，下意識地想握拳，指尖卻掐在潤的手心裡，潤才喊了一聲「好痛！」二葉就哭了。

她沒想到預期中的疼痛，會是對方承受。

金釵

文悅在高鐵上聚精會神地用手機寫信，先寫給同事，很快就寫完了，接著分別寫給手上的客戶，從桃園寫到烏日，眼睛乾澀，列車自烏日再度啟動時，已經餓了，平時早就在吃高鐵便當，現在卻連水也不敢喝，要把口罩拿下來，多危險。

這天一早，哥哥打電話給她。

「阿悅妳怎麼都不看Line？」哥哥說，「妳何時回來？」

「我要跟朋友去爬山啊。」阿悅頓了一下，彷彿才醒，「怎麼了？」

「緊轉來。」

「好啦。」

媽媽，我的媽媽。突然得道了。

「阿母得道時、正在切薑絲。」

哥哥不無扭捏地說。

廚房裡僅容旋身，哥哥踱步不開，只得在冰箱跟流理臺前交替更換身體重心。阿悅注意到哥哥腳邊的水桶裡，一條身子有點傾斜的鰱魚在桶裡划水，魚鰭上還穿著一小段綠色塑膠繩、露在水面上。桶裡的水很清澈，鰱魚不時打轉，水面激起波紋。

「她說她充滿華喜。」討厭ㄈ音的哥哥，把法喜形容得更美了。

「怎麼會這樣？媽媽不是很討厭拜拜？」

阿悅也沒感覺到嘴怎麼動，話就成塊成塊迸出來，「她人呢？」

「沒出來。」

「沒出來？」

「就在這裡。」

阿悅心涼了半截，廚房貼的一地瓷磚，大半被散放的購物塑膠袋遮著，她的視線從自己的腳邊抬起，把窄窄的廚房打量一遍。

「在這？」

「嗯。」

哥哥腳穿藍白拖，邊走邊把地上塑膠袋裝的各式雜物踹開點，打開了通往後院的門，阿悅懸著的一顆心晃盪了一下，先看見門後帶一堆管線盤踞在矮牆上的熱水器跟瓦斯桶，才看見端坐在牆根下的媽媽，媽媽摟著一盆什麼（菜豆？），坐在凳子上，腳邊有個麥當勞的紙袋、和插著吸管的紙杯。

「媽！」

媽媽看了她一眼，又翻起眼睛看天空，嘴裡說：「媽現在無閒。」

她看出什麼了？阿悅忍不住也抬頭望了下頭上的藍天，這塊畸零地是個梯形，外窄內寬，用紅磚水泥砌起來，跟屋後的荒地隔開，不知哪來的樹根一直從外頭侵入，雨季中泥水裡帶著蝌蚪。

「媽。」哥哥跟著喊。

媽媽意識到哥哥也在，就吩咐他：「哥哥關門。」

哥哥沒回嘴，只是去收了紙杯紙袋，小心翼翼地帶上門。兩兄妹都在聽門後是否還有動靜，但無甚收穫。

哥哥把空杯、杯蓋跟吸管分解開來，又從棕色的紙袋撿出空的漢堡盒壓扁，一起放進裝回收垃圾的麻袋，阿悅在旁看著忍不住問他：「媽吃麥當勞？」

「放著她就吃了。」

放著她就吃了？

放著她就吃了？

阿悅循原路回到流理臺前，試圖打開洗碗槽上方的鋁窗，用鉛線勾在窗軌上的削刀、刨絲刀乒乒乓乓都往下掉，掉在起膩的洗碗水裡，帶青色的窗玻璃是刻花的，迎著亮霧白一片。

「妳在幹麼？」

「噓！」阿悅瞪了哥哥一眼。鋁門窗終於開了一隙，外邊有些爬牆虎被她粗暴地綳斷，斷裂面滲出乳漿似的雪白珠露，刺鼻的草腥味，無處藏身的壁虎蹭蹭而逃。

媽還是安然地摟著她那盆菜豆在看天，她穿著阿悅見慣的、上下同是豆沙色（卻不成套）的運動服，粗腰肥腿胖胳膊，蓬發的短髮裡攙著縷縷銀光。

「媽頭髮怎麼不染了？」

「啊？」

「噓。」

她又踮起腳，盡力從窗縫裡看了幾眼。

媽好像在打瞌睡，幸好天氣暖和，不怕著涼。

「這樣多久了？」

「好像……拜一開始的？嗯，三、四天？還是算五天？」

阿悅頹然把窗關了。腰跟手跟腿都很痛，剛剛開窗用力不當，指甲斷了，好像還閃了腰，她扶著身側退出廚房，不小心踢到鱷魚的水桶，絲襪立刻被潑溼了一塊。

午後四點，天空出現彤紅色的雲霞，兩兄妹才無言地在二樓碰頭。幾個窗口根本不理會她發的信，還找她訴苦說通路折扣給得太少，阿悅拿不太準自己的角色，因此兩邊都打了幾次電話，又彎著頸子傳訊，脖梗很痠。

她聽見哥哥踩著藍白拖上樓，才丟下手機，摸著脖子。哥哥遞給阿悅一袋剉冰，兩人懶惰地用鐵匙在剉冰的塑膠袋裡撈著吃。阿悅已經換上 HANG TEN 字樣斑駁的運動衣跟運動褲，縮著腳在嵌大理石的紅木太師椅上吮湯匙。

「有買媽那份嗎？」

「沒有。」哥哥從豆花裡抬起頭替自己辯護，「她喜歡的那攤沒出來。」

阿悅放下豆花，跑去浴室。這浴室改建時外推一個窗臺，可以看到樓下的空地，媽看來沒什麼動靜，只是從坐姿改成抱膝模樣。天涼了一點點，夜晚來襲讓阿悅心情沉重，她又跑回來說。

「不能放媽在外面過夜。」

「其實、媽晚上睡哪，我不知道啊。妳看她都有吃飯，一定也有上廁所。我在顧店的時候，她可能都有出來啦。」

阿悅想了想，又拎起那包豆花：「得道是什麼意思？」

哥哥只是稀里呼嚕吞吃著珍珠粉圓。

爸爸過世時（有十年了吧），姑姑突然來訪，鼓吹哥哥把爸爸（的遺體）接回來停靈發喪，這才發現他們家不要說土地公的神案，連燒紙錢用的金桶都沒有，加上媽媽跟哥哥本人都拒絕出面主喪，這事被那邊的親戚傳得很難聽。

哥哥顯然也想起那時候的事，突然說了一句：「才知爸爸沒死厝內，若無燒金無所費欲如何行路。」

「是燒金的問題嗎？那善化怎麼辦。」

「啊。對。還有善化。」

再說，他們全家不是已經去納骨塔燒掉幾千塊的紙錢了嗎？再婚的爸爸，畢竟也是別人的爸爸了嘛。

眼看哥哥用脖子上的毛巾擦嘴，髒死。

阿悅也吃完了，抽了幾張面紙擦掉嘴唇上的糖水，這面紙包是隻絨布小刺蝟，都有二十幾年了吧。油然興起懷念之情，便暫時把小刺蝟抱在身上。好溫馨。

「跟我來一下。」

阿悅啪嗒啪嗒地跟著哥哥下樓，察覺他罕見的無甚嘮叨，心裡就開始窩火，她在家總是脾氣很壞，現在因為討厭哥哥這樣故作神祕有事不說，所以她也憋著故意不吭聲。

腳踏車店面的鐵捲門已經拉下來了，他們走的是從二樓住家下來，單開的一扇鐵門。其實爸爸也有可能死在店裡的。從阿悅念國一開始，一家三口就是她上學，哥哥看店，媽媽去工廠（做襪子），但大概直到爸爸死前，店裡腳踏車跟零件的貨都是爸爸叫的，偶然有什麼事他也會跑來店裡看看，腦溢血的話，在哪裡都有可能倒下嘛。

哥哥騎摩托車載她出來，她才想到。

「媽一個人！」

「媽媽又不是嬰兒。」

阿悅哼一聲，卻沒反駁。

媽會吃會喝，生活（看似）自理。以上沒有問題，但以下能列出來的問題可就海量了。

哥哥的摩托車沒轉向鎮上，卻騎車過了田埂，接產業道路，大圳兩邊的鐵皮屋是小工廠，還有菜畦。上次回來媽媽正在跟風，因為那些街坊姨友們都在種烏豆，於是媽也抓緊那幾分菜地認真種了起來，剛收下來很嫩的時候，口感介於皇帝豆跟花豆之間，她就不該說一聲好吃，結果吃了一個禮拜：排骨烏豆、薏仁烏豆、鹹的烏豆、甜的烏豆。阿悅跟媽媽發脾氣，說現在流行的是藜麥，為什麼不種。

兩個女的在吵，哥哥隱形起來，置身事外。

後來又流行種百香果。

「百香果呢？」

「醃青木瓜，在冰箱。」

「噢。」

噢屁啦噢。她旋即對自己生氣。

阿悅一回到老家就會這樣，動不動就大怒，腦袋也回到最初的設定，自己也不喜歡這樣啊，可是媽媽跟哥哥很笨！都很笨！

她「光顧」過昂貴的職場培訓課，溝通，雙贏，不偏不倚，對世事懷著覺察，總是能回到善，反正是這些，等口譯把洋人導師的話又翻回來，結果是《金剛經》，應無所住而生其心，她很想取出自己包裡的光點筆（誰沒有一枝光點筆呢拜託），點到螢幕上去問每個人（還要敲一下桌子），這樣對嗎？

「媽的事，你還跟誰講過？」

「等一下講。」

哥哥一個轉彎，把車停了。大橋這邊的住宅區小小的，圍攏早已褪色的市街，繁榮隱退成質樸的舊樓。阿悅狐疑地下來，這一帶她不熟，唯一的印象是小學時某老師住這裡，所以很多孩子放學都直接來這裡補習。阿悅家沒人補習，她按時回家吃夏天的豆花圓仔冰，冬天的酸辣湯跟韭菜盒子，都是媽媽從工廠下班時順路買的。

哥哥把摩托車立好，轉進巷子，只見兩排住家，新舊交間的鐵門、紅磚牆，有幾戶從牆裡爬出了九重葛，各式盆栽都是不知名的奇花異草。

這時快入夜了，天剛擦黑，不少人趁涼在外頭走動，哥哥直往那幢顯得特別潔淨漂亮的小樓走去，那門口有株木蓮花。天空藍黑色，鑲了星光。黃木橫匾上刻字填墨，寫的是「宇宙真道院」。

真道院？神壇也有這種名字嗎？阿悅想起自己在臺北租住的房子附近，總有大小壇、宮、殿之類的。與印象相比，這裡的一對大紅燈籠也是有的，紅布幅也有的，只是燈籠的比例好像比較小巧、文秀，懸在門簷上。又見門檻內擺著一排鞋，顯然屋裡的地磚是真乾淨。

兄妹倆來到門口，一個苗條的女人端著碗匙出來，走到門邊，嘴裡說：「吃飯了。」稍遠處，蹲在盆栽邊抓蟲的一個小男孩子被她喊住，像個牽線人偶，不情願地一步一蹭回來。這樣的家常，更不像神壇。

女人跟孩子在門邊上商量要不要現在就吃飯，好像看也沒看他們倆，但那女人驀地轉頭過來，竟是一臉甜笑，向孩子說：「丁叔叔來了。叫人。」

「丁叔叔。」

看哥哥臉紅耳赤在那裡獃笑，阿悅反倒不火了。

「對啦！」阿悅衝口而出，又自己打住，這裡缺的是香爐嘛。沒有爐，就不算壇吧。阿悅趁著自己說溜嘴的尷尬片刻，一發力就朝那女人跟孩子走過去，像小牛奔往紅披肩，又重複一次：「對啦。」

她緩過氣，向男孩自我介紹：「我是丁叔叔的妹妹，叫阿姨就可以了。」

小男孩怔望著她，喊：「阿姨。」

是吧？這麼叫挺好的吧？阿悅篤實地對孩子點點頭。

「今天來是、有事要請教。」哥哥也跟了上來，龐大的身體縮起來了，謹小慎微地說。

「姑姑的功課快做完了，你們進來等一下。」那女的說著把小孩攏在雙臂之間，一手瓷匙、一手碗，好說歹說，那男孩才捧走碗與匙，自己進去了。女的也直起腰，給他們兩人帶路。

阿悅學哥哥把夾腳拖踩下來，留在哥哥爛了邊的涼鞋旁，才慢吞吞地跟著他們踏進鋪花的紅磚地，赤腳踩著，磚面很清潔，屋裡還傳來薰香又溫厚又輕軟的味道。

屋裡有張紅漆圓桌，幾張靠著牆壁的條凳，早已不見小男孩的影子，女人繼續再往裡頭走去，哥哥沒跟上，反而就著圓桌坐下，阿悅不解，不死心地又觀望一陣，才老實坐在條凳上。

在外頭看覺得室內應該是淺淺的，誰知屋裡空曠，走廊不知通往何處，又顯得深狹。阿悅苦於無法開口問個究竟，雖沒有外人，但她總覺得人在此地（宇宙真道院！）怎能沒有戒心，於是以目示意，要哥哥過來。哥哥還沒站起身來，卻又坐下、又站起來。阿悅正在肚裡想哥哥這胖子是中風了嗎？回頭才發現，原來女人已從裡間出來了，咦，原來這女的挺漂亮。

「姑姑在等你們。」

「啊。」哥哥惶惑不安。

「請進請進。」

「喔、嗯。」

阿悅耐住性子乾等了一陣，只見哥哥又唯唯諾諾好久，才跟著女人移動到內間，期間阿悅偷偷翻了很多次白眼。

女人引他們上樓，大概是樓下燈光昏暗，上了樓只覺得姑姑處的那間房特別明亮。原來姑姑是個雙眼放光的老太婆，她坐在神案前面的一把藤椅上等他們。該是一位師姑。哥哥好像不由自主就彎下腰向她請安，阿悅還在東張西望，神案上有幾十尊菩薩，不太統一，木雕的也有，泥塑的也有，瓷像泥金的也有，薰香味到這裡反而只是淡淡的，阿悅對眾菩薩匆匆一瞥，就別過眼睛，很晚才發現角落還有個老婦人坐在寫字檯前，守著一沓紅紙在寫字，她身量特別短小，坐時懸著雙腳，老婦匆匆結束手上的活兒，抬眼見到兄妹倆就欣喜地下了地，好像對他們非常熟稔，還趕著向師姑說：

「是金釵的女兒啦，在臺北做事。」

「師姑。」阿悅不得不馴順地喊她。

「好好好。」師姑很矯健地在藤椅上扭過身看她，這動作輕巧如少年人，阿悅暗暗吃驚，然而她都沒想到媽媽還有這樣的去處，還認識了這些人，該吃驚的事太多了。她不自覺又瞪著哥哥，哥哥卻很謙和地低著頭，雙手圈著那啤酒肚沒講話。

「坐。」

哥哥還慢吞吞在找位置，阿悅就拉他一屁股坐了。

矮個子的婦人又回到寫字檯前面，阿悅跟哥哥分坐兩個小板凳，視線與師姑的膝頭平齊，屋裡根本沒別的座位。

師姑這才起身，在神案上取了一炷香，唸唸有詞地點燃後，向兩人身上繞兩圈，然後把香枝立在一碗米上。

「想問什麼？」

「我媽媽。」

「嗯。」

師姑絮絮祝禱，好像側耳傾聽什麼，又跟那個聲音溝通起來。

這時哥哥第一次略帶擔心地轉頭看她，似乎怕她無法接受，阿悅沒好臉色，哥哥眼神卻有哀懇之意，阿悅又「嘖」了他一聲，也明瞭了，難怪她從來不知道媽媽還會來這裡，大概以為她會很反對，刻意不讓她知道。

她好生氣又好委屈，像很小的時候午睡醒來，在榻榻米上聽見哥哥在跟爸媽玩鬧嬉笑那樣的酸心。是啦，書上都說這是思覺失調症，但阿悅也完全相信有靈媒啊。人家明明也信動物溝通，也會去算塔羅好嗎！

笨死了，都這麼笨！她氣得眼淚在眼裡打轉，頭痛，情緒緊繃到眼冒金星，然而師姑卻不疾不徐地說：「你媽媽有貴人幫忙，現在修行修得很好。」

哥哥跟阿悅語塞一陣，半晌阿悅才問：「貴人是誰？」

師姑瞇著眼端詳米盤：「應該、是你爸爸。」

兄妹倆都大吃一驚。

「啊？那、那個……」哥哥一緊張就掙扎著說不出話，明明最嘮叨的，肚子又大，阿悅橫他一眼，只是自己的牙關咬得很緊，說不出話。

「還想問什麼？」

「我不要我媽修行。」阿悅一開口嗓子裡就噎著眼淚，自己很不喜歡，便打住了，喉嚨裡乾沙一片。

「現在是你媽媽成家立業的時候。」師姑絮絮叨叨，「你們做子女的，不要耽誤她。」

她又叫那年輕女子過來擺香案，燒了一些黃紙，寫了兩道符給他們一人一個。哥哥一起收了，怕阿悅反對似的，盡快從懷裡掏出兩枚紅包，對方接過後便擱在神案上，原來托盤上已有扇形的一落紅紙封。角落的那個太太，興沖沖把寫就的紅紙送過來，用黑色自來水筆寫的，字跡很稚拙，一五一十記錄著師姑與他們剛剛說的話，標點符號大大的，字倒是小小的。

阿悅心事很重，幾乎忘了自己怎麼下樓。夜空像一尾黑金魚在水裡游泳那樣清朗，騎過產業道路，新市區那邊的燈光在這邊看得很清楚，冷藍的白與喝醉的黃明明滅滅，偶然有幾隻狗出來跟車尾跑一陣，還吠，出了半里路才陸續放棄。

兩人騎到一個專科學校附近，這裡有個小小的商圈，連鎖美妝店門對門開了兩家。麥當勞跟起家雞中間夾著滷味跟手搖飲。不管哪一方面，都好像重回塵世，他們去買便當，看店裡的人現炸排骨，阿悅只覺得很心急，趕著要回去，然而等到手裡提著沉沉的三個便當連湯，又很怕回家了。哥哥可能有一樣想法。到了家門口，阿悅勾緊手上的塑膠袋乾等，聽著店面的電動鐵門慢慢拉開，靜夜裡嘩嘩作聲。

「明天還是帶媽去醫院做檢查。」

「嗯。」

「尤其是腦。」

「嗯。」

店門拉開，兩人都沒想到要開燈，光靠著樓梯間隱約的轉角燈就穿過店面，兩人摸黑進了廚房才開燈開後門，只聽見媽媽在咳嗽，卻沒見到人。

媽媽就這樣不見了嗎？

哥哥一愣，轉頭看阿悅，阿悅悚然地掐哥哥的肥肉，掐到他拱肩縮脖子都沒能甩開，然後才放聲大喊：「媽媽、媽媽！」

又是一陣咳嗽，才聽見媽媽軟弱的問：「妹妹？」

兩人抬頭看見一雙赤腳，心臟都快停了，原來媽媽坐在女兒牆上，阿悅兄妹一左一右抱著媽媽的粗腿，緊急地將金釵支下來，金釵只是問：「妹妹這次回來多久？」

「妳幹麼坐這裡！妳不怕摔死？」阿悅忘記媽媽已經「得道」了，破口大罵。小時候爬牆會被打，小時候有颱風，爸爸會扶著木梯，攀上屋頂用很大塊的石頭壓住屋瓦。

金釵被兒女一邊一個挾在腋下送回屋內，鰱魚還活著，都幾天了，也沒東西吃，光在那邊轉圈行嗎？

「不准再讓媽去後面了。」

「怎樣不准？」

「你不會裝個鎖！」阿悅很火，她吃虧在嗓子，吼也吼不開，怎麼喊都是斯文，現在像隻斯文的老鼠在銳叫。

老母並不介意兒女如斯對話，哥哥找到剛剛被阿悅扔地上的那袋便當，將老母扶上二樓，三人一起吃飯。

吃飯歸吃飯，兩兄妹都騰出一隻眼睛看著金釵。

「媽，妳得道了嗎？」

「嗯。」

「妳現在不是普通人了？」

「媽媽永遠是你們的媽媽。」

阿悅聽了很氣。

「修行的人可以吃麥當勞跟炸排骨嗎？」

「哎。吃什麼都是修行。」

阿悅聽了，連排骨都嚥不下。

她開始說後門要堵起來，早就該這樣了。還說，既然媽媽不煮飯，那鰱魚要拿去後面放走。

金釵也沒應喙應舌，只是把飯吃光。

收了便當，阿悅催媽媽去洗頭洗澡，換上前年跟團去峇里島時買的改良紗麗，金釵就乖乖去睡了。阿悅翹腳在客廳看手機，順便監看房門，哥哥神神祕祕地拿出一張符給她。

「幹麼？」

「符啊。」

「不要！」

「紅包我有幫妳墊了。」

「你包多少？」

「兩百。」

「不如給我兩百。」阿悅唸著，仍把那黃色符紙摺成方勝夾入手機殼內側。心裡卻想著，問事兩百？不貴呀。這就是我們庄跤人的消費水平嗎？

隔天上午，金釵剉了兩條白蘿蔔，在蘿蔔簽裡拌上蔥花跟鹽跟麵粉，做了油煎蘿蔔絲餅，賴床的阿悅聞到噴噴香，覺也不睡了，乖乖起來吃，餅在油鍋裡煎起來，外酥裡糯，她喜歡蘸醋，哥哥喜歡撒胡椒鹽。

三人吃得差不多，哥哥提起那裝鯴魚的水桶，說要去放生了。

「太陽那麼大。」阿悅嫌棄地說，說歸說，還是撐著陽傘拖拖拉拉跟在媽媽跟哥哥身後，金釵細心在頭上裹了花布，穿戴手套斗笠跟膠鞋，這是她下田作業的標配。

小時候，這裡什麼人都沒有，田埂跟水渠一直連到大排水溝又連到很遠的溪邊。現在這裡也是什麼人都沒有，新開的產業道路旁，是水泥抹的排水道，還豎著說不出哪裡樣式改變了的電火柱。

鯴魚不太打轉，原本就偏一邊的身體更偏了，餓吧。又沒東西吃。

「放到溪裡好像也會死。」

「就當做去餵別的魚啊。」

阿悅沒出聲，心想果然是得道的人才說得出這種話。

三人走到水泥橋底，下了河堤，踩著大小卵石，才到水邊。水上有疾風，阿悅自小認定這溪是個不苟言笑的男子，還有點冷淡無情，一別多年，雙方似乎都滿懷歉意。哥哥脫掉涼鞋，赤腳涉水到溪底，把水桶放倒在水中，等溪水流入桶中，桶滿了，鯉魚便搖搖擺擺被水浮出，盪入溪裡。

粼粼金光點著水波，媽媽神色開闊，看著對岸那片撩人又割人的狗尾巴草，喃喃說：

「這尾魚跟我有宿世因緣，來點化我的。」

「媽媽！」阿悅用制止的口氣對她大喊，不知是想把金釵喊醒還是想把自己喊醒。

「妳細漢時，動不動就叫媽媽、媽媽、媽媽，袂輸吟詩。」

這話阿悅聽多了，金釵說起她做囝仔時，一定先說這句，接下來幾項，大意是她離人三步就嚎喔，一點小病痛就哭喔，伸手就討抱喔，挨打的時候臉皮很厚會討價還價喔，會哭著說媽媽拜託喔打一下就好了啊嗚嗚嗚。

然後數落她，「妳啊、跟哥哥比起來，極淡薄仔骨氣都沒有喔。」

聽到這種話的阿悅總會冷冷地裝作聽不見，國、高中時代時，這時心裡會有好多話要爆發，又中二到講不出來。痛的時候不能哭嗎？挨打就是有骨氣嗎？有本事妳最好不要打我啊！

上大學後她聽了只會翻個白眼，像是在說，夠了喔。

誰知金釵沒端出那一串數落，只幽幽說：「妳自己去臺北規年，怎麼都沒敲電話叫媽媽去找妳？我常常都在等妳。」

阿悅竟感到鼻酸，但多年委屈已經無法輕易化解，自憐如雨滴狠狠地敲在酸硬的自尊上，因為她都沒想過，怎麼讓自己當個不委屈的女兒。當然她夢想過太多，也早就領悟和解不會是「妳看我那麼優秀妳沒話講了吧？」、也不是「我賺得比哥哥多我才最孝順！」這樣。

她隱約已經知道，不會有誰錯誰對、誰後悔誰道歉，但還沒能想到會是這樣的，仙凡兩隔的，一般不是要到一死一生、一橫一豎時才算仙凡兩隔嗎？

手機又震動了，文悅照樣把來電顯示捻熄，反正是工作，她順手拍了些圳上什麼都沒有的風景，發ＩＧ。

真不該上濾鏡的，那些影像只是朦朧氤氳著，藍焰綠燃，不似在人間。

哥哥涉水回來，先在燙人的卵石上把腳烙乾，提著空桶，三人又循原路回家。

隔天是週五，哥哥開著藍色小貨卡，帶媽媽一起去隔壁鎮的大醫院掛了身心科跟腦科。然後下樓去美食街吃香港飲茶，醫院的美食街跟百貨公司的美食街有隱約不同，穿著白鞋的都是職工，竊竊私語的成年男女比較像病人家屬，眼睛幽深有情的則是東南亞看護。

一家三口吃了連鎖飲茶店的普洱茶、燒賣跟菠蘿油，金釵也不像以前，以前一到外頭就叨唸家裡多少菜要放到壞了幹麼出來吃。現在她滿心歡喜，吃得津津有味，似乎也睡得很好，不再捏著手機瞇著眼玩鑽石方塊，取而代之的是以幼兒般歡欣的眼光四處顧盼看人走動說話，阿悅不得不提醒自己，不可以喜歡「得道」的媽媽。

手機上的掛號提示響了以後，他們回到腦科，又等了三十分鐘才進診間。

醫生劈頭就問金釵：「有過外傷嗎？」

金釵說沒有。

「媽媽可能有受傷我們不知道，所以要做核磁共振。」

醫生沉吟一下：「你們可以另外掛一個失智症的門診，每週四有。」

「失智症要查，核磁共振也要。」要是有個腫瘤壓著腦，放出什麼妄想都不奇怪。

「沒有經過診斷的話，都是自費噢。有沒有保險，排一個七十歲全身檢查項目，便宜很多。」

阿悅翻找了保險，就替金釵排上了。

替金釵約診時，阿悅還問了精神科，護士回到電腦後面摸索一陣，建議他們去排身心科，醫生剛好有空，馬上可以看。

阿悅跟哥哥被屏擋在候診室又等了幾十分鐘，金釵再次出現在門口，是諮商師陪著出來的，說如果有空，每個月排約來聊聊天也好。

「這意思是說有必要嗎？」阿悅咬指甲。

「不是必要，要是有話想講一講，我們很歡迎啦。」跟她年齡相近的諮商師，拿出一袋文宣手冊說，「這些你們拿回去，自己留意看看，家人的觀察也很重要。」用無人繳費機付過診療費，拿到繳費證明，黃金釵後頭還打印著七十一歲十個月字樣，媽媽也快過生日了啊。

「衰老常常都是很短時間發生的，要先替未來多想一步。」

諮商師的話讓阿悅心裡好煩，熱風呼呼，三人擠在藍色小貨卡的前座，電臺播出的是幾乎帶著轉盤聲的舊時歌曲。

「這是老歌噢，細漢時不時聽人唱。」

金釵就唱了起來。

不時的浮搖在海面，越搖著越有勇氣。大海是我的故鄉，船頂是阮家庭，一切的希望只是，無盡的航路，阮就是不驚孤單，快樂行船的人。

腳踏車店門口，藍色小貨卡的喇叭聲長按著，每天早上耶！每天早上都這麼吵！然而阿悅提不起氣，卻在聲線的震動上聽出今日憂鬱的氣息，她最後還是狠命刷了幾下頭髮才從洗手間出來，然後不顧腳趾的尖叫，硬是穿上鞋，繫鞋帶。拖鞋穿太久了，腳盤抗拒成型。

她費力將自己擠上藍色小貨卡，扣上安全帶，隔著牛仔褲，腿側先被裝在紙袋裡的油滋滋煎蛋餅燙了一下，又被奶茶冰了一下。

哥哥乾燥地敲了敲擋風玻璃，啞聲說：「那邊的。」

阿悅嗯一聲，拿起蛋餅不帶感情地吞嚥，花生田旁豎著一支大遮陽傘，晨起，老闆就在鐵皮桶改成的煎盤上鏟蛋餅。她一大口吃下，噎出淚花，頭靠實木穿珠椅墊，後腦勺碌碌生疼，壓出的思緒都是塵封久遠的惡性之物。

藍色小貨卡喘嗽起來，活物似的，每次聽到這個聲音，阿悅就會在心裡問它：「哎怎麼啦？都還好嗎？」對這輛車的感情，其實是累積多年的舊情，小時候爸媽帶他們去游泳，她跟哥哥坐在後頭，抱著充當泳圈的卡車內胎看風景，後來哥哥也開藍色小貨卡，不是同一輛。

自從醫生說金釵腦裡有事，要複檢。文悅跟哥哥都不能只是「很煩」了，每次做各項回診，每次從無人事務機上拿到住院單據時，都會瞥見金釵姓名旁打印著，七十一歲十一個月。

這次的生日要怎麼過呢媽媽？

她開始對無邊的神佛祈禱，媽媽好像話變少了，笑容更多。對即將發生在身上的種種，她不置一詞，哥哥問她，要不要開刀？她臉很臭。換阿悅問，要不要開刀？只問出一個響屁，更臭。

現在，阿悅Line上的第一個群組是宇宙真道院。反正她跟哥哥不論說什麼，總是說著說著就吵架。

她是有次趁哥哥看店，丟下打坐的金釵（看起來就是坐在後院望著天空發呆），自己騎腳踏車去找尋只去過一次的宇宙真道院。雖然說，也不知道該怎麼問，是該開刀還是不開刀？開刀要挑醫生嗎？要挑日子嗎？紅包倒是準備好了，她順著記憶找到那條巷子附近，卻有兩個老婆婆坐在小小的豆花攤裡喊她，老婆婆們喊，賣豆花戴口罩的太太也喊。阿悅又騎著腳踏車回來，原來是真道院的師姑跟抄寫的矮小太太。

師姑叫她坐下來，一起吃熱豆花摻黑薑湯，還握著她的手，歡快地說個不停，雖然文悅不是很懂師姑說的點點滴滴，卻看得出她心情很好。師姑還拿出手機跟她加了Line，把她拉進群組，說她們每個月初二做功德，中午有素齋吃，總鋪師的刀功好好哦。

氣氛正融洽時，阿悅提起，金釵可能要開刀，師姑就沒那麼有精神了，嘴張嘴閉，沒出聲。

反而阿悅聲音大了，修道的人不應該都身體健康嗎？吃那麼多青菜，喝自己泡的水果酵素。「還那麼難喝！」

阿悅把沒對金釵爆發的牢騷端出來，師姑卻喃喃地說金釵三百世前曾在觀音座下證道，現在是仙女歷劫，還補了一句：「放心，妳跟妳阿兄修不修都沒差，難喝就不必喝。」

「為什麼不必？」

「因為你們兩個都很俗啦！」

文悅爆笑出來，但眼睛眨了又眨，眨不掉眼中的淚。於是三人一起吃了豆花，她又騎腳踏車回家了。在家時她反而沒什麼好哭的，矮胖的媽媽仙女照樣在家鋤土、吃飯、餵野貓。

於是就開刀了，原本會說會笑的人，開刀後竟躺著不醒，醫生說手術是成功的，真的是成功的，文悅也看到了，造影片上，原本的陰影沒了，拿掉的東西他們也有看到，雖然還沒看到切片報告，但光看外表就知道不是什麼好東西，把壞東西拿掉了，為什麼不醒來呢媽媽？

這週過得好快，金釵的生日到了。

原本還是三人一同擠在藍色小貨卡的前座出發，現在他們每一次出發感情都變得更差，或者應該說變得更絕望。小時候看不出彼此哪裡長得像，但她在鎮上永遠是「丁嘉民的妹妹」，現在很少人注意到，其實家裡的腳踏車店就叫做嘉民，長大後，她只是她，哥哥只是哥哥，身形面貌越來越不相關，聚在一起只有彼此嫌棄，但若少了對方當自己的註腳，彼此都不知道怎麼解題。

「蛋糕拿了。」

「嗯。」

生日蛋糕是菜市場賣的那種六寸的拜拜蛋糕，沒上奶油，樸實地點綴著染成紅色跟綠色的蜜餞櫻桃，色素用量保證十足十的，他們家從小到大家人過生日都吃這個。

火龍果帶刺的綠掌匍匐傾軋了村口道路兩旁的旱棚，像最幼稚的、綠鱗的獸，引頸就戮地在搖搖欲墜的網格上開花，無辜的黃蕊白花，有的已經收攏起來休息。著果後，那網格會變成火龍果的產房，一格一個，所有的花一嘟嚕一嘟嚕，很甜蜜的都是上翹的唇。初冬晴日的天空，如同電影看到播完，工作人員字幕淺淡地從田埂間捲動，向上，滾過可愛的天幕，何時將映出一個手寫的、大大的「完」字？而在結束的地方，又有什麼會開始？

車上已聽慣的電臺，仍然賣神祕的藥，仍播出幾乎帶有轉盤聲的舊時歌曲……不時的浮搖在海面，越搖著越有勇氣……一切的希望只是，無盡的航路，阮就是不驚孤單，快樂行船的人。

但是媽媽，我的媽媽，文悅不自覺捏著自己的手，彷彿自己已經在那藥味刺鼻的病房裡握著媽媽厚實的手掌，告訴她，我們還有時間，這會是最棒的，最棒最棒的生日。

後記

我生活中冒出的想法，就像我做過的夢，大部分都忘記了，少數沒忘記的是因為這些念頭（夢）出現得很頻繁，而且很清楚，讓我意識到，這些傢伙真強悍！最後，幾乎是被逼著把它們記入手機備忘本，不過，這些細瑣念頭，常會在我的粗率下失散掉，有些筆記距今久遠，我無法解讀，也想不起全貌。但我很確定，這類型的念頭只能寫成小說。

其實生活中的感悟，或是外來的見聞，我多半會馬上告訴朋友或家人，甚至也會在podcast上聊起、在社群網站上提到，不覺得必須特地寫下來，可是，少數我認為該寫成散文的事，我同樣會記在備忘錄裡面，這些筆記百分之百都沒有寫出來，寫散文非我所長，即使那些微弱的可能還執意地在深海中對我發送信號。

這本書收錄的十一篇小說，都是這麼來的，有些已經發表過，有些是初次問世，多年來，每次珊珊問我要不要出書，我都說要要要、好好好，卻寫得不多，以至於距離第一次出小說集又隔了九年，謝謝促成這本書的珊珊，感謝慎重看待閱讀與寫作的朋友們。謝謝宇宙將這些小說帶來，我要放手讓它們出航了。

新人間 四二二

愛（ai）

作者—盧慧心
副總編輯—羅珊珊
責任編輯—蔡佩錦
校對—蔡佩錦 江淑霞 盧慧心
封面設計—朱疋
行銷企劃—林昱豪
總編輯—胡金倫
董事長—趙政岷
出版者—時報文化出版企業股份有限公司
一〇八〇一九臺北市萬華區和平西路三段二四〇號
發行專線—（〇二）二三〇六—六八四二
讀者服務專線—〇八〇〇—二三一—七〇五・（〇二）二三〇四—七一〇三
讀者服務傳真—（〇二）二三〇四—六八五八
郵撥—一九三四四七二四時報文化出版公司
信箱—10899臺北華江橋郵局第九九信箱
時報悅讀網—http://www.readingtimes.com.tw
思潮線臉書—https://www.facebook.com/trendage/
法律顧問—理律法律事務所 陳長文律師、李念祖律師
印刷—勁達印刷有限公司
初版一刷—二〇二四年八月九日
定價—新臺幣四〇〇元
（缺頁或破損的書，請寄回更換）

時報文化出版公司成立於一九七五年，
一九九九年股票上櫃公開發行，二〇〇八年脫離中時集團非屬旺中，
以「尊重智慧與創意的文化事業」為信念。

愛（ai）／盧慧心作. -- 初版. --
臺北市：時報文化出版企業股份有限公司, 2024.08
288面；14.8x21公分. --（新人間；422）

ISBN 978-626-396-497-6（平裝）

863.57　　113009176

ISBN 978-626-396-497-6
Printed in Taiwan